這一代的武林

《叁 致命對峙》

張小花——著

【目錄 Contents】

·第一章·

加入峨眉

王小軍指著自己道：「我想加入峨眉派！」

江輕霞掩口嬌笑道：「堂堂的鐵掌幫少幫主居然要加入我們峨眉，我們當然歡迎了。」

冬卿眼中精光一閃道：「王少幫主是拿我們當兒戲嗎？你是鐵掌幫的人，怎麼能加入峨眉？」

峨眉大殿門外。

一個年輕姑娘正背著手，仰臉逗弄樹頂的鳥兒，一副百無聊賴的樣子，她身段略顯瘦削但起伏有致，聽到腳步聲漸近，冷不丁轉過頭來道：「王小軍，你真不像話，到了峨眉腳下也不先讓人送個信來，沒頭蒼蠅一樣，撞了人家個措手不及，倒顯得我這個掌門後知後覺，怠慢了客人。」

這峨眉派的掌門江輕霞生得豔若桃李，眉目如畫，明明是抱怨，卻讓人聽得心裡十分舒服。她和王小軍是初次見面，卻一句話就能使人消除生疏感，足見她為人的高明，同時也讓人覺得她身上有種率真的風情。

王小軍笑嘻嘻道：「要不是碰上四師姐，我連你山門都找不著，去哪兒給你送信啊？」

他見了江輕霞後，心裡也暗暗稱奇，他聽韓敏稱她為「掌門師姐」，以為江輕霞至少在三十歲以上，但親眼看到，見她只有二十出頭，怎麼也想不通她是怎麼當上「六大」之一峨眉派的掌門的！

說完這句話，王小軍尷尬症又犯了——他不知道該怎麼和這位大美女行禮，論江湖地位，她和自己的爺爺平起平坐。既然人在江湖，就得按規矩來，王小軍索性道：「你說吧，按規矩，我是不是得給你磕個頭啊？」

江輕霞一愣後，嬌笑道：「頑皮，快進裡邊看茶吧。」

王小軍也就借坡下驢，嘻嘻哈哈地和江輕霞一起走進大廳。

他們此刻所在的地方是二峨山的山頂，也就是峨眉派的大殿，從山腰上看就能感覺到此處的巍峨之氣。

當王小軍他們走進大廳時，卻不禁大跌眼鏡——裡面的佈置風格一派現代化！寬敞的大殿被改造成錯層小洋樓的格式，擺了一圈皮沙發，各種卡哇伊的抱枕橫亙其中，正北方向更是擺了一張酒吧裡的那種長桌，大殿的另外一角則被改造成遊戲室。

在王小軍他們的目瞪口呆中，峨眉派的女弟子們進來後，各自找地方或坐或站，還有的上了樓，坐在透明的護欄後面向下張望。

這和王小軍想的很不一樣。他以為跟掌門人會面，會像電視劇裡的過堂一樣，弟子站列兩旁，他正襟危坐在堂下回答掌門的問題，沒想到這裡更像是個全是女員工的現代企業！

江輕霞看王小軍傻傻的樣子笑了起來，伸手道：「坐吧，沒想到裡面是這樣吧？」

江輕霞和韓敏、冬卿分別坐在王小軍對面和旁邊的位置，郭雀兒站在

江輕霞背後。王小軍忍不住問她：「你們這不是有水嗎，怎麼你還下山買飲料？」

郭雀兒毫不以為意地說：「反正閒著也是無聊，就當練功嘛。」

王小軍不住地四下打量，感慨道：「我還以為這是一個尼姑庵呢。」

江輕霞笑道：「誰說峨眉派就一定得是尼姑庵？那你們鐵掌幫幫主怎麼不姓裘呢？你們會水上漂嗎？」

王小軍指著郭雀兒背上的長劍打岔道：「那黑乎乎的是玄鐵劍嗎？」

他早就注意到弟子們背的雙劍裡，其中一把是普通的鐵劍，有劍柄有護手，另外一把則是通體黝黑，沒有劍身和劍鞘之分，是一體成形的，而且劍體渾圓。

江輕霞探手把郭雀兒背上的黑劍拿下來，托在手掌上道：「這是碳纖維的，沒尖沒刃，這樣我們去外地的時候就能在機場托運了。」

「哇，高科技啊！」王小軍讚嘆不已。

江輕霞把黑劍還給郭雀兒，又吩咐了一聲：「看茶。」

郭雀兒問王小軍：「這大熱天的，你們真的要喝茶嗎？咖啡和飲料也都是現成的。」

「呃，來瓶礦泉水就好。」王小軍爬了半天山，真渴了。

江輕霞靠在沙發裡，用調侃的語氣道：「少幫主，你奔波千里來我們峨眉，不是只為了喝一瓶礦泉水的吧？或者你只是想看看我這個武林四大美人之一的掌門？」

王小軍其實早就耐不住了，這時眼看又是一天要過去了，便開門見山道：「江掌門，我們這次上峨眉是有事相求，想請你把纏絲手傳授給這位胡兄。」

這句話一出，整個大廳頓時陷入一片寂靜。

冬卿在江輕霞邊上低語了幾句，想來是把胡泰來和唐思思的身分背景向江輕霞說明一番。

江輕霞不動聲色道：「這位胡兄是黑虎門的高徒，我們雖然同屬武林一脈，但門派有別，他為什麼要學我們峨眉的武功呢？」

王小軍把胡泰來纏著的繃帶解開道：「老胡中了青城派的青木掌，聽說只有練了纏絲手才能解毒。」

胡泰來原本在手腕的黑氣已經升到了小臂，一條胳膊黑白分明，十分觸目驚心。

郭雀兒頓時叫道：「既然青城派那些傢伙幹的，那咱們——」

冬卿不等她說完，便用嚴厲的眼神制止了她，隨即淡淡道：「纏絲手能解青木掌之毒不假。」

王小軍等人聞言都是一喜，不料冬卿繼續道：「但是只傳入門弟子！鐵掌幫如果是拜訪江湖同道，那我們以禮相待，但如果想憑一句話就讓我們把鎮派之寶傳給外人，我們可沒義務奉從！」

王小軍沒想到冬卿看著與世無爭，說起話來卻這麼尖苛，馬上說：「那如果讓老胡投入峨眉門下呢？」

好在他早有心理準備，行有行規，武林裡門派林立，大派之所以是大派，全是因為獨到的武功，他也沒想著就能輕易成功。

冬卿依舊面無表情道：「峨眉派向來不收男弟子。」

郭雀兒衝王小軍聳聳肩。

王小軍道：「不收男弟子這一條，到底是貴派有明文規定的呢？還是約定俗成的？」

江輕霞一愣道：「有區別嗎？」

王小軍道：「區別大了，法不禁止即可為，法律禁止亂砍亂伐，那你砍樹就不對，可沒禁止你吃樹葉，那就說明樹葉是可以吃的。」

「而且就算是規矩，也可以改的嘛。」王小軍又補充了一句。

這時韓敏開口了：「峨眉不收男弟子，一是因為峨眉派武功比較適合女子練習，二是封建社會限於男女禮教，至於明文規定那倒沒有，既然胡兄是用來療傷救命的，我看不妨從權。」

這位二師姐身寬體胖，坐在沙發裡深陷其中，使得她說出的話有種不可動搖的穩重感。王小軍聽出她話裡是在幫著自己，不禁向她遞去一個感激的眼神。

江輕霞聽韓敏這麼說，沒有馬上表態，沉默了片刻道：「從權可以，但大規矩不能壞——冬卿，你來跟大夥說說咱們峨眉派的入門規矩吧。」

冬卿面無表情道：「第一，要憑能耐通過考試，這個能耐不是說你現在武功有多強，根骨悟性好的，不會一招一式我們照收不誤；心性不穩的，根底再好我們也不要。第二，身世要乾淨，入我峨眉之後，不得再和任何別的門派有瓜葛，從別派轉投我峨眉的，要先和原先的門派劃清界限。」

江輕霞笑道：「如果胡兄願意的話，我看考試這一環就可以免了，黑虎門的高徒，根基和德行自然都是信得過的，這也是我作為掌門能給你的唯一

一點照顧了。」

唐思思忍不住道：「可是老胡是黑虎門的人，他想投入峨眉，豈不是要先從黑虎門辭出？」

冬卿道：「沒錯。」

王小軍一聽這話就知道要壞！果然，胡泰來霍然站起道：「我自七歲就長在師父膝下，師父於我恩同父母，黑虎門就是我的家，要我辭出黑虎門萬萬做不到。」說罷拔腳就要走。

王小軍拽住他，不住小聲道：「老胡，從權！從權嘛！」

胡泰來灑脫地道：「小軍，生死有命，富貴在天，人這一世有很多選擇，但有時候你選了就意味著妥協，我們得罪了虎鶴蛇形門，為什麼不去給張庭雷磕頭認錯？那不是因為我們沒得選，而是我們認為自己做的對。」

王小軍無奈道：「你師父在你離家前不是都跟你說了嗎，你要改拜別的老師，不用和他再打招呼，這意思還不夠明顯嗎？」

胡泰來卻只是搖頭，轉身抱拳道：「多謝各位女俠，胡某知道你們有心幫我，但恕我固執愚昧，這份情胡某領了，但恐怕無福和各位盤桓了。」

郭雀兒瞪大眼睛道：「你那麼倔幹什麼？投入我們峨眉又不會辱沒

了你！」

唐思思插話道：「可是我見來這裡考試的，不是這個老師推薦，就是那個老師推薦的，她們難道都得先和原來的師父決裂嗎？」

冬卿道：「你說的那些老師都是無門無派的武林朋友，其次，就算有門有派的，他們知道這些女孩最終會拜入我們峨眉，也就不以恩師自居。」

胡泰來一味要走，王小軍自然不肯放手，他在胡泰來身上摸索道：「電話呢？我這就給你師父打電話！」

胡泰來皺眉道：「小軍，一條胳膊而已，我胡泰來可不是委曲求全的人！」

冬卿不悅道：「兩位鬧夠了沒有？我們峨眉派也不是誰想入就入的！」

唐思思這時咬牙道：「如果我想投入峨眉派呢？」

眾人一起茫然：「你？」

唐思思道：「沒錯，我雖出身唐家，但不是正式唐門弟子，符合第二個條件，如果各位要考核我也願意，我會發暗器，雖然三米之外就沒了準頭，但我會努力的。」

眾人馬上明白她這是要自己進入峨眉派，學了纏絲手之後再轉教給胡泰來。

「思思——」胡泰來反而不知道該說什麼了。

江輕霞托著下巴道：「唐門大小姐想入我們峨眉派，本來也算幸事一件，可你爺爺在你出走當天就發函拜託我們不要收你，雖說峨眉不必理會唐門，但畢竟都在蜀地，鬧得太僵就不好了。這樣吧，你若在峨眉長住我們歡迎，想學幾手入門功夫這也不難，但入門一事，我還需謹慎考慮。」

這時，王小軍忽然指著自己的鼻子道：「那我呢？我想加入峨眉派！」

江輕霞掩口嬌笑道：「這可有意思了，堂堂的鐵掌幫少幫主居然要加入我們峨眉，如果你要來，我們當然歡迎了。」

冬卿眼中精光一閃道：「王少幫主是拿我們當兒戲嗎？你是鐵掌幫的人，怎麼能加入峨眉？」

「這簡單！」王小軍高高舉起手大聲道：「本人王小軍自此刻起退出鐵掌幫，志願加入峨眉派！」

他猝不及防地說出這幾句話來，把所有人都嚇了一跳，韓敏和冬卿則是震驚得一起站了起來。鐵掌幫是六大派之首，幫主王東來更是常委主席，他幫中就算普通弟子改投到峨眉派也算重大事件，更別說是他親孫子了！

韓敏高聲道：「沒事的人都出去吧！」她要在事態沒失控以前阻止繼續

惡化。

王小軍擺手道：「沒必要，為了顯示我的誠意，我這就拜師！」他退開幾步，跪倒在江輕霞面前道，「看來我是必須得給你磕一個了——師父在上，受徒弟一拜！」

江輕霞微微錯愕，過了片刻才失神道：「你起來吧。」隨即她很快恢復常態，嬌笑道：「人家頭也磕了，看來這事已經無可挽回了。」

韓敏面有憂色，冬卿也是表情複雜，王小軍就這樣入了派，她們想抗議都沒來得及。

等胡泰來和唐思思反應過來時，王小軍已經站起來了，胡泰來跺腳道：「小軍，你這是幹什麼啊？」

王小軍笑嘻嘻道：「拜師啊——師父，你什麼時候教我纏絲手啊？」後一句話是對江輕霞說的。

冬卿道：「你現在雖然入了我峨眉，身分也只是一名普通弟子，師父什麼時候傳功、傳什麼功豈是由你決定的？我先讓人安排你們住下，其他事以後再說！」

「得。」王小軍倒是很有做弟子的覺悟，不頂嘴不還口，樂呵呵地答應了一聲。

江輕霞拿出一台iPad，點出一個應用程式，上面顯示的是峨眉派各個弟子的居住分佈圖，她點了點頁面道：「他們三個的住處我已經安排好了，就勞煩四妹給他們帶路吧。」

江輕霞交代了郭雀兒幾句，又對胡泰來道：「胡兄，再過半個小時就到開飯時間，你和唐小姐簡單收拾一下，一會兒咱們餐廳見。」

胡泰來心亂如麻，胡亂地點了下頭。

「王小軍。」江輕霞叫了一聲。

「啊？師父您吩咐。」

江輕霞似乎忘了自己想說什麼，咯咯笑道：「你也去吧。」

在一干弟子似笑非笑的注視下，王小軍他們三個隨著郭雀兒出了大殿。郭雀兒本是個活潑跳脫的姑娘，這會兒竟似有點靦腆，在前面飛快地走著。

「四師叔！你等等我們啊。」王小軍在後面叫了聲。

郭雀兒臉微紅道：「你叫我什麼？」

「四師叔啊，我師父是你大師姐，我還能叫你什麼，要不我以後直接喊你四叔?」王小軍得意道:「我就說你們峨眉派不是都不收男弟子吧?」

郭雀兒哈哈笑道:「你可真不害臊。」

胡泰來落在最後，伸手抹了把眼睛，王小軍見狀驚道:「嗨，你怎麼還哭上了?」

胡泰來眼睛發紅，鬱鬱道:「小軍，是我太自私了，害得你投了峨眉派，早知道這樣，我去跪那江輕霞就好了，搞成現在這樣，你讓我以後怎麼見你爺爺和父親啊?」

王小軍忙道:「當著我四叔你可別瞎說!」

郭雀兒知趣地到前面去了。

王小軍又道:「你和你師父的感情我懂，要你退出黑虎門，無異是讓你和你爸斷絕父子關係，可像我這種廢柴退出鐵掌幫，你以為我爺爺和我爸會在乎嗎?」

胡泰來道:「話可不是這麼說，情同此理，再說，你們鐵掌幫可是六大派之首……」

王小軍不耐煩地揮手道:「什麼首不首的，門派和人一樣，都是遲早『藥丸』的，我跪一個美女怎麼了，男人都是要給女人跪下的。」

唐思思在一旁弱弱地道：「可是人家下跪叫的是老婆，你跪下叫的是師父……」

胡泰來訥訥道：「思思，今天也要謝謝你。」

「謝我幹什麼，又沒幫上忙。」

「那也要謝的。」

王小軍道：「老胡，你就別矯情了，說起來你的傷還不是代我受過才來的？我們三個以後不要算得那麼細好不好？沒意思。」

胡泰來忽然有點明白王小軍和唐思思不停地插科打諢其實是為了讓自己擺脫消沉，他也就豁然開朗，得友如此，何必計較？便豪邁道：「好！我們以後不算了！」

王小軍和唐思思相視一笑。

王小軍一手搭一個走在中間，興高采烈道：「萬里長征第一步已經成功，我這就讓我師父趕緊教我纏絲手，然後給老胡解毒。」

胡泰來認真道：「小軍，我最後說一次——謝謝你，你受委屈了。」

唐思思小聲道：「他受什麼委屈啊，他樂意的很呢！峨眉派裡有多少漂亮女生啊，他以後就能光明正大地撩妹了！」

王小軍瞪眼道：「大姐，你跟他說悄悄話能不能注意一下，我還在這兒呢！再有，我不許你這麼形容我們峨眉派！」接著他眉開眼笑道：「不過思思還真是挺瞭解我的。」

郭雀兒回頭見三人勾肩搭背地，忍不住感慨道：「你們三個感情一定很好！」

峨眉大殿，其他弟子已經散去，只剩派中輩分最高的三姐妹。三個人似乎在為了什麼事糾結。

過了片刻，冬卿才凝重地說：「想來想去還是大麻煩啊——我都給那姓胡的開了那麼大的口子，他居然硬是不肯將就，搞得我們最後還是跟鐵掌幫糾纏在一起。」

江輕霞道：「恐怕在他們眼裡，你這口子開得不但不夠大，而且算得上是百般刁難。」

韓敏把巨大的身軀微微前傾，壓得沙發嘎吱嘎吱響，盯著冬卿道：「你在擔心什麼？」

冬卿道：「難道我們真的對王小軍毫不設防地讓他學習峨眉的武功嗎？」

韓敏道：「這點我倒是不怕，我們峨眉的武功博大精深，每天換著花樣教他五六年也學不完，他能在我們山上待多久呢？」

江輕霞道：「我在想另一個問題，當年我隨師父在武協大會上是見識過王東來的本事的，王小軍但凡學了他三四成功夫就不會讓青城派欺負了去，難道他是個不中用的廢柴？」

「廢柴也是鐵掌幫的少幫主！」韓敏忽道：「輕霞，今天的事你做得有些魯莽了，怎麼能隨便就收王小軍入派呢？」

江輕霞攤手道：「那小子又是見縫插針，又是敲磚釘腳，我不是沒辦法了嘛？再說那個胡泰來受傷不假，難道我們真的見死不救？」

韓敏道責備道：「胡泰來是個人物，我對他是佩服的，但我們想幫他辦法有很多，你輕率地把王小軍收進派中，別的不說，以王東來的脾氣，說不定不會領我們的情，反而記恨上我們呢。」

江輕霞不悅道：「敏姐，無論當眾還是私下裡，我都對你敬重有加，你卻處處指摘我的不是。我入門只比你早了幾天，你年紀比我大，威望比我高，我知道你喊我掌門師姐心裡一直不舒服，可這一切都是師父臨終前囑託的，所以我想提醒你一點——畢竟我才是掌門！」

韓敏面色一寒，最終無力道：「罷了，以後這樣的話我不會再說，你愛怎樣就怎樣吧。」

冬卿勸解道：「二師姐也是為了峨眉……」

江輕霞針鋒相對道：「難道我就不是為了峨眉？」

冬卿也不說話了。

江輕霞似乎也覺自己說過了頭，幽幽地嘆了口氣道：「只可惜師父走得太早，偌大的峨眉就剩我們幾個年輕女孩和一個樹大招風的牌子，現在別說青城派，連那些小門小戶都想來欺負我們，咱們若不能團結一致，峨眉派就要毀在我們手裡了！」

冬卿慨然道：「這話不假。」

江輕霞看著二人柔聲道：「敏姐，冬卿，我剛才說話重了，你們不要往心裡去，師父讓我光大峨眉，我壓力很大，我知道這次收王小軍入派對我們是福是禍很難說，但不賭一把又怎麼知道結果？」

韓敏順勢道：「你也有你的道理，王小軍入派我沒能及時阻止，事後就不該責備你。」

江輕霞楚楚可憐道：「那……你們不怪我了吧？」

韓敏無奈道：「剛才我也是說的狠話，你這麼會撒嬌，我哪還忍心怪你？」

冬卿見江輕霞一雙美目落在了自己身上，頓時道：「我也不怪！」

江輕霞起身道：「好，就讓我們姐妹齊心協力光大峨眉！」

韓敏和冬卿急忙站起垂手肅穆。

郭雀兒這會兒剛幫王小軍他們找到宿舍。

峨眉派的房屋全部是依山而建，所以有高有低地錯落在山體兩邊，有時高處和低處的宿舍就隔著一條小徑，兩人同時出門，下面的當真是抬頭只能看見上面人的鞋底。

宿舍群分佈也毫無規律，地勢相對平坦的地方，宿舍就會多一些，陡峭的地方有可能只能建出一所小房子，也就成了獨棟小別墅。

這會兒夕陽落山，弟子們打開燈，峨眉派漫山星點，望之蔚為奇觀！

郭雀兒笑著一指道：「你就在那間宿舍，唐小姐在隔壁那間。」

王小軍走上石階推開門一看，見屋子雖然不大，但擺設雅致，日用品齊全，而且居然有獨立衛浴間，不禁樂道：「不錯不錯。」

唐思思的房間也是一樣的規格，在屋子裡能俯瞰山腰，景色也很漂亮。

王小軍不禁問道：「誒，老胡住哪兒？」

這面山坡上只有這兩間宿舍，附近雖然也有房子，但看來都有人住了。

郭雀兒道：「胡大哥的宿舍還在上面，一會兒跟我走。」

「怎麼？我們不在一起的嗎？」唐思思問。

郭雀兒道：「沒辦法，能有兩間連在一起的就很難得了。」

王小軍有心讓胡泰來跟自己住，卻發現屋裡只有一張單人床，又想想自己此時身分尷尬，也只好作罷了。

郭雀兒道：「我帶胡大哥去他的房間，你們簡單洗漱一下就去餐廳吧，我們在那裡會合好了──餐廳就順著咱們來時的路返回，看見一個叫孔雀臺的地方右轉就到了，找不到的話就問人。」

王小軍躬身道：「謝四叔！」

郭雀兒忍俊不禁道：「其實你不用老這麼客氣……而且……」

「而且什麼？」王小軍問。

「算了，以後再跟你說吧。」郭雀兒欲言又止，揮手道：「一會兒見。」說完領著胡泰來上山去了。

王小軍回屋洗了把臉，叫上唐思思就往餐廳走。這會兒山路兩邊的路燈都開了，映襯得山路十分明朗，如果有心體會，這裡倒更像是個度假山莊。

王小軍不禁感慨：「我原以為峨眉派過的是青燈古佛挑水劈柴的日子，想不到人家不比城市裡條件差。」

唐思思低頭看著手機道：「嗯，大殿裡還有WIFI，不用密碼。」

王小軍托著下巴道：「看樣子入了派的弟子們也不用交學費什麼的，你說她們靠什麼生活？光電費一個月就得好幾萬吧？」

兩人說著話，不多時就看到了孔雀臺的路標，到了地方一看，是個比白天考試的廣場還要大的空地，幾乎堪比大型廣場，唯一和城市廣場不同的是周邊沒有護欄。夜間山風呼嘯，下面就是萬丈懸崖，此時才讓人體會到武林門派中豪放不羈的風格。

兩人往右一拐，果然見門人弟子漸漸多了起來，應該都是去餐廳吃飯的。這些弟子們無一不是年輕的姑娘，她們白天大多沒見過王小軍，見山上忽然出現了個男人，不禁個個面露驚詫之色。

餐廳也是現代建築，乳白色的單層大廳，窗戶是鋁合金的，弟子們川流不息地進進出出，胡泰來和郭雀兒很快也到了。

江輕霞三姐妹並肩走來，弟子們見了她們紛紛低頭致意，郭雀兒見狀也趕過去跟她們會合，四個人直接進餐廳去了。

王小軍見狀，道：「那咱們也進去吧。」

就見寬敞的大廳裡擺著幾十張長桌，有專門的女弟子負責食堂，給其他人打菜打飯，而所有弟子們手裡都拿著一張磁卡，吃什麼菜就刷一下卡。

王小軍頓時傻眼：「咱沒卡怎麼辦？」他伸手攔住一個年輕的姑娘問：「同學，飯卡在哪辦？」

那姑娘一愣，伸手指著門口道：「那邊。」

「謝謝啊。」王小軍對胡泰來和唐思思說：「那邊辦，可是現在有一個問題需要解決。」

「什麼問題？」兩人一起問。

王小軍攤手：「我們沒錢！」其實他們早就捉襟見肘了，三人靠陳長亭那一萬塊錢又吃飯又過日子，還買了到成都的車票，他們到峨眉山下那一刻，兜裡就一分錢也沒了。這會兒山窮水盡，站在人家餐廳門口傻了眼。

王小軍摟著胡泰來肩膀小聲道：「老胡，我看咱倆只能刷臉了！」

胡泰來不知道他是胡說八道還是認真的，傻傻道：「怎麼刷？」

王小軍道：「你看，一般美女到了男校肯定是有人請吃飯的，反之也是一樣，一會兒我去跟人搭訕，你假裝和我聊天，順帶把咱沒錢的事一提，但凡不是鐵石心腸的不得管咱一頓嗎？」

胡泰來瞠目結舌道：「這……不合適吧？」

「有啥不合適的，」王小軍指著滿坑滿谷的年輕女孩逐一點道：「你喜歡什麼類型的，我替你打頭陣！」

唐思思道：「那我怎麼辦？」

王小軍道：「有我們哥倆一口就有你一口，不過你一開始不能出現，只能吃剩的。」

唐思思癟了癟嘴。

這時，一個弟子快步走到他們面前，看樣子是強忍著笑，她回身指著餐廳樓中樓上的一個半透明包間道：「三位，掌門讓你們過去一趟。」

「哦，謝謝你啊同學。」王小軍小聲嘀咕，「難道是掌門看咱們三個初來乍到，想請咱們吃一頓？」

唐思思道：「吃一頓管什麼用？」

「吃一頓是一頓嘛，走！」

第二章

初學纏絲手

江輕霞道：「所謂纏絲手，練到深處能使經脈移動穴位更改，纏絲手的起手式就是要迅速出招，讓它們的運動軌跡出現在一條路徑，久而久之，一條經脈通，其他經脈也就知道該怎麼練了，你明白了嗎？」

王小軍帶著兩人上了樓，推開包間的門，只見一張可以坐十幾個人的大圓桌上只坐著峨眉四姐妹，桌上的菜色精緻好看，看來這是作為峨眉派領導層少有的一點特權。

王小軍饞兮兮地看著那些菜道：「師父和師叔們另開一席呢。」

江輕霞笑咪咪地看著他，對胡泰來道：「胡兄和唐小姐是我們的貴客，以後吃飯時間就和我們一起吧。」

胡泰來臉色大紅，看江輕霞的表情，他推斷出自己和王小軍在門口鬼鬼祟祟的樣子肯定是盡收人家眼底了。

江輕霞繼續道：「如果胡兄在我派中有什麼朋友的話，也可以一起叫上。」

「謝師父！」王小軍已經一屁股坐下來，他一扯胡泰來道：「還愣著幹什麼，吃啊！」倆人早就餓得前心貼後背了，這會兒立時狼吞虎嚥起來。

唐思思斯文地夾了一根芹菜送入嘴裡，眉頭微微皺了一下，但很快收斂了神色。

這一個小小的舉動自然躲不過峨眉高手們的眼睛，韓敏道：「唐小姐，飯菜不合口嗎？」

唐思思臉一紅道：「不是，這芹菜炒得很好，就是火候差了點。」

她跟著陳長亭這段時間，雖說沒學到具體的手藝，但是陳長亭做的菜可沒少吃，陳長亭曾告訴過她，一般人做的東西只有四個等級：難吃、可以吃、好吃和美味。大食堂的師傅們做的菜往往在難吃和可以吃之間，能做到好吃程度的廚師自然也不會在大食堂幹，像這道菜就介於好吃和美味之間，作為大食堂的師傅，算很難能可貴了，不足之處就是火候稍欠。

所謂火候問題在普通人看來，完全就是雞蛋裡挑骨頭，唐思思也不想給人留下個矯情的印象，所以想輕輕一句帶過就算了。

果然，韓敏微笑道：「想不到唐家妹子還是個美食家，給我們做菜的這個師傅可是驕傲得很，你的話讓她聽見，恐怕她就要不樂意了。」

說話間，包間的門一開，一個四十多歲、穿身白袍的女人端著一盤竹筍炒肉進來，在座的除了冬卿，其他三姐妹見了她都是噗嗤一樂。

女人發愣道：「怎麼了？」

江輕霞故意板著臉道：「吳姐我問你，你知道不知道你的這道芹菜火候不夠？」

吳姐聽了這話，竟然不顧對方是掌門之尊，把盤子往桌上一放道：「這

是哪個說的？」

無人答話，她便順著眾人的目光掃過來，見唐思思正局促地看著她，於是眼睛一瞪道：「是你說的？」

唐思思尷尬道：「這……可能是我口味太刁了。」

這就屬於典型的不會說話了，你說口味不同還好，口味太刁，那不還是說對方的廚藝不夠精湛嘛?!吳姐怒道：「那你說，這道菜再炒多長時間才算火候到了？」

唐思思小心道：「再炒十七秒左右……」

「噗！哈哈哈——」三姐妹樂翻了天，連冬卿都不禁莞爾。

郭雀兒拍手道：「有人跟吳姐對著幹嘍！」

吳姐脾氣也真是火爆，順手把那道芹菜抄走，喝道：「我再去炒十七秒，回來要是不好吃，看我不跟你善罷甘休！」

胡泰來還想勸解，韓敏微笑著示意他別擔心，吳姐端著菜，頭也不回地走了，韓敏這才道：「吳姐就是這樣，脾氣不好但人好，放心吧，她不會記仇的。」

江輕霞道：「吳姐可是我們特地從外面高價請來的大廚，你說她廚藝不行，那不是打她的臉嗎？」

韓敏道：「其實高價是請不來的，好在吳姐也好武，她另外一個身分是我們峨眉的掛名弟子。」

過了片刻，吳姐又端著那盤菜走進來，往桌上一放道：「我又在火上過了一下，時間就按她說的剛好十七秒，吃吧，吃完了給我個說法。」

江輕霞看無人動筷子，明白這得罪人的事只有自己去幹，於是磨磨蹭蹭地夾起來吃了一口，就是含糊著不說話。

「到底怎麼樣嘛？」郭雀兒是個急性子，索性自己嘗了起來，快人快語道：「還是很好吃呀，很難跟剛才比較。」

韓敏和冬卿紛紛動手，卻沒人肯輕易下結論。

吳姐看得著急，拿起筷子吃了一口，接著表情一變，嘴裡的菜跟剛才相比，確實又鮮香了幾分，隨著火候的侵入，蔬菜完美地吸收了湯汁和調料的香味，但這也就是九點五分和九點六分的區別，一般人很難區分。

吳姐放下筷子，正色對著唐思思道：「你是跟誰學的手藝，現在在哪裡高就？」

唐思思慌忙道：「其實我還不太會做菜，我就是亂說的。」

「哼！」吳姐滿臉不高興的樣子，二話不說推門出去了。

唐思思失措道：「我是不是得罪人了？」

江輕霞笑道：「不用擔心，她一會兒就忘了。」

這時胡泰來正要夾菜的右手忽然猛地一抽搐，筷子掉到了地上，他尷尬道：「我吃飽了。」不用說大家也看得出，這是青木掌的毒性又發作了。

王小軍終於忍不住再次道：「師父，你什麼時候教我……教我武功？」

江輕霞看看韓敏，後者卻把頭別了過去，顯然，她和江輕霞發生過齟齬之後不願再多置喙。

冬卿道：「通過考試的弟子也不是馬上就有學習功夫的資格，還要經過三個月的觀察期，期間表現良好才能升為正式弟子，而正式弟子要再經過一年的打底期，才會拜不同的師父學習功夫。」

王小軍知道這個三師姐為人刻板教條，這時也只能強忍著道：「我……沒那麼長時間可以等了……」

江輕霞道：「這樣吧，明天凌晨四點，你到鳳凰臺來找我。」

王小軍一喜道：「好！」

韓敏道：「你們今日旅途辛苦，明天又要早起，吃完飯就趕緊回去休息吧。」

「我們都吃完了，師父明天見。」王小軍帶著胡泰來和唐思思一溜煙出了包間。

峨眉四姐妹看著王小軍他們走出餐廳，冬卿道：「掌門，你讓王小軍上鳳凰臺，是真的不打算對他設防了嗎？」

江輕霞微微一笑道：「你說得對也不對，只有讓他上了鳳凰臺，才能看出這個少幫主到底是廢柴，還是對我們峨眉別有用心。」

冬卿微一琢磨，隨即了然。

回去的路上，王小軍躊躇滿志道：「明天我就能學到纏絲手啦——老胡你到底住哪兒，明天我一學會馬上就去找你，別再給忘了。」

胡泰來囁嚅不語，王小軍驚道：「老胡，你不是又忘了吧？我可是頭也磕了師也拜了，你要這時候出槌，我非跟你拼了不可！」

唐思思也道：「老胡，你可不能這時候掉鏈子！」

胡泰來支吾道：「我不說話，是因為我住的那個地方實在太難去了。」

他指著前面岔路口道：「這個路口一直往上，到了頂就到了我住的地方。」

王小軍鬆了口氣道：「不就是山頂嘛，有什麼難去的，行了，我明天找你去。」

胡泰來道：「你最好事先帶條繩子。」

「帶繩子幹什麼？」

胡泰來臉紅道：「白天時，有很多地方都是郭雀兒拉著我上去的，我上不去的地方，以你的身手恐怕也……」

王小軍發愣道：「那你一會兒回去的時候怎麼辦？」

胡泰來不好意思地從腰間解下一條被單：「我帶繩子了。」

和唐思思道了別，王小軍雖然很累，躺在床上卻一時睡不著，這一天發生了太多事，想著明天四點還要和江輕霞會面，他強迫自己睡著前，先定了一個三點一刻的鬧鐘。

然而當鬧鐘響起的時候，正是他睡得最香甜之際，好在洗了臉後，山風一吹，他馬上就清醒了。

山間的路燈還亮著，王小軍來到昨天路過的廣場，發現這裡已經站滿峨眉弟子，她們分成兩組，正跟著韓敏和冬卿在練習拳腳。

王小軍找了一圈也沒發現江輕霞，只好湊到冬卿面前道：「三師叔，我師父呢？」

冬卿面無表情道：「你師父讓你跟她在鳳凰臺見面，這裡是孔雀臺！」

「……」王小軍這才發現自己找錯了地方，他對這兩種鳥完全沒有概念。

冬卿無語地指了指上面，看來鳳凰臺還在山上。

王小軍發了急，他可不想第一次學藝就遲到。順著冬卿指的方向拼命跑著，山的盡頭一輪橙色的光暈慢慢浮現，接著以肉眼可見的速度露出一個圓邊，整個大地被柔美的光芒籠罩，這光芒越來越強越來越快，似乎只是一瞬間人間已經被它照亮了——這是一次清晰完整的日出！

雖然著急上火，腿腳酸軟，王小軍還是嘟囔了聲：「萬一我以後成了絕頂高手，別人問我秘訣時，我就可以反問他——你見過凌晨四點鐘的太陽嗎？」

鳳凰臺其實很好找，它高高地凌駕於孔雀臺之上，只要使勁爬就可以到了。當王小軍爬上鳳凰臺，看到眼前的一幕多少有點意外——江輕霞正帶著十幾個女弟子在打坐。

鳳凰臺比孔雀臺小得多，江輕霞和弟子們一色黑衣黑裙飄飄欲仙，王小軍卻顧不得欣賞這奇異的景色，山風太大，他凍得直哆嗦。他只穿了半袖，而且為了不給人當變態，連手套都沒戴。

江輕霞和弟子們輕閉雙目，她發現王小軍後，只掃了一眼便不再理會，嘴裡繼續輕聲指導弟子們吐納：「氣出丹田……經檀中……呼……周而復始……吸……」

王小軍聽了一會兒，發現總共就那麼幾句，不禁嘀咕：「連喘氣也要學麼？」

他站在邊上實在凍得不行，縮著脖子跑到山腰上避風，後來發現只有運動起來才能抵抗寒冷，於是開始在鳳凰臺周圍跑上跑下。

那些女弟子本來閉目沉靜，個個端坐，就聽得腳步聲忽遠忽近，隨之王小軍的腦袋一會冒上來，一會又下去，當真是隨著她們的吐納周而復始沒完沒了，修為淺的就不禁分了神。

江輕霞氣不打一處來，喝道：「王小軍！你能不能消停一會兒？」

「師父我冷啊！」

「閉嘴！」

王小軍不敢再亂竄，在原地跺腳呵氣。

江輕霞帶著弟子們吐納完又舞起劍來，她一手持劍，一手捏個劍訣，緩慢而優美地劍指長空，擰腰、回轉，氣韻悠長而婉轉自如，弟子們隨她一起起舞，當真如九天仙女下凡一樣。

王小軍往手裡呵著氣，腳下不安分地來回踩著，江輕霞和弟子們沉浸在一片劍意之中，然而每每回身就能看見王小軍瞪大著眼睛看著自己，那眼神就跟看廣場跳舞的大嬸沒兩樣，幾個弟子一走神，劍陣頓時散亂了。

江輕霞洩氣道：「今天就練到這裡，你們先下去吧。」

弟子們走後，江輕霞把長劍歸鞘，沒好氣道：「王小軍，你投入我們峨眉難道就只想學纏絲手嗎？」

王小軍毫不遲疑道：「是的。」

江輕霞為之一頓，道：「那好吧——雖然我明知你學了纏絲手要去幹什麼，但門規我還是得跟你說在前面，峨眉弟子在派內所學武功，不得師父親口允許嚴禁外傳，你如果要做什麼違背門規的事情不要讓我看見，我這話說得夠明白了吧？」說著眨了眨眼。

王小軍頓悟，江輕霞當然知道他學會纏絲手是要去教給胡泰來，但門規不允許這樣做，那麼他教胡泰來的時候就不能被峨眉派的人發現。

這一點說難很難，他們置身峨眉派，傳授功夫豈能不被人看見？這就跟在警察局裡偷東西難度是一樣的，但此時此刻他自然不敢說別的，忙道：「我明白！」說完也朝江輕霞眨了眨眼。

江輕霞嘴角浮現出一絲微笑，便道：「學纏絲手之前，我得先瞭解你根底如何，所以下面我問你的話，你得如實回答。」

「好。」

「你以前學過什麼武功嗎？」

王小軍認真道：「學過鐵掌幫的入門掌法。」

「輕功和內功呢？」

「沒學過，也沒聽說過。」

江輕霞點點頭又道：「學纏絲手需要熟悉手臂上的穴道，你認識多少？」

王小軍坦承：「一個也不認識。」

「那就要費些工夫了。」江輕霞道：「下面我就教你認識一些穴道，你可得記仔細了。」

說著，江輕霞伸出蔥蔥玉手在王小軍肩膀上一點道：「這是肩髎穴——」她手指下移，「這是肩貞穴，再往下是手五里、手三里、陽池、前谷，這些穴位你都記住了嗎？」

王小軍老實道：「沒記住！」對於穴道他完全是初學者，江輕霞說的又快，王小軍第一次完全沒反應過來。江輕霞無奈，又說了幾遍，這次王小軍算是勉強記了個大概。

江輕霞道：「所謂纏絲手，練到深處能使經脈移動穴位更改，我剛才教你的幾個穴位並不在一條線上，纏絲手的起手式就是要迅速出招，讓它們的運動軌跡出現在一條路徑，久而久之，一條經脈通，其他經脈也就知道該怎麼練了，你明白了嗎？」

王小軍搖頭：「不明白。」

江輕霞幾乎跌倒，她又把手按在王小軍的肩上道：「我按著你肩髎穴時你有什麼感覺？」

王小軍尷尬道：「師父，我可能是以前練功時練法不對，現在我的兩條胳膊完全沒知覺了。」

看著一個大美人白玉一樣的手掌在自己胳膊上又摸又按而完全沒有觸感，這也是一種很另類的體驗。

江輕霞吃驚道：「這麼說你的經脈完全堵塞了？」

王小軍無奈地道：「我也不知道是堵塞了還是麻痹了，反正沒知覺了。」他自從跟青城四秀劇鬥之後，連半個肩膀也沒了知覺，但他沒和任何人說，到這會兒他也覺得隱隱不太對勁了。

江輕霞道：「你爺爺和你父親怎麼說？」

「我還沒見過他們，見了也不敢說。」

江輕霞扶額道：「你這不是添亂嗎？纏絲手最講究細微的感知，你沒了知覺，豈不是跟瞎子學畫畫、聾子學音樂一樣嗎？我看你還是別白費工夫了。」

王小軍急道：「別啊，該怎麼教你還怎麼教，我沒知覺可老胡……」說到這，他意識到不能提胡泰來，於是改口道，「反正你照常教就是了。」

江輕霞想了想道：「好吧，那我仍然把起手式教給你，但願你以後慢慢恢復知覺能有所體會。」

王小軍心裡卻不這麼想，他已經沒時間慢慢體會了，胡泰來再有八天毒性就會爆發，他原指望今天就能學會纏絲手，不過聽江輕霞的意思，這門功夫可不是短短幾天就能學會的。

江輕霞將手掌伸展，隨即把胳膊平伸，此時朝陽初上，一條潔白的手臂熠熠生輝煞是好看，江輕霞突然發力，修長的手臂「啪」的一下旋轉擊出，筆直而勁力逼人。

這嬌滴滴的掌門一旦出手，竟然聲勢赫赫！

王小軍馬上學著她的樣子出了一招，隨即問道：「師父，是這樣嗎？」

江輕霞搖搖頭道：「纏絲手就有這樣一個妙處——招式全是一樣的招式，但對不對只有自己知道，如果你練對了，那幾個穴道之間會遙相呼應，隱隱有發熱的感覺，你胳膊失去了知覺，那就練一萬年也不知道是對是錯了。」

王小軍滿意道：「大道理懂了就行了，下面呢？」

江輕霞無語道：「什麼下面呢？」

「纏絲手不會只有這一招吧？」

「當然不是！」江輕霞又好氣又好笑道：「你野心好大呀，有的弟子限於天分，入派四五年都不能學纏絲手，還有的學了起手式要一年半載之後才能練通幾個穴道，你一來就想學全嗎？」

王小軍嘿嘿笑道：「你就一次全教給我，我回去慢慢研究，省得以後又打擾你們練功。」

江輕霞一甩臉道：「今天就到這兒，你下去吧。」拿出了師尊的架子。

王小軍見她肯定不會讓步了，只好悻悻地下了鳳凰臺。路過孔雀臺的時候，弟子們剛好散學，只剩下韓敏一個人在那冥想著什麼。

王小軍靈機一動，走上前道：「二師叔，你能不能教我纏絲手？」

韓敏納悶道：「你師父沒教你嗎？」

「我師父只教了我起手式，她事兒多又忙別的去了。」

韓敏道：「第一天能學個起手式也就夠了，你還想學什麼？」她和江輕霞一脈相承，王小軍的小伎倆自然騙不過她。

王小軍陪笑道：「那就請二師叔再把起手式教我一遍也好。」

這次韓敏不再多說，伸出胖胖的右手，左手捏住右手尾指道：「纏絲手起手式以手少陰心經為源頭——」

她在右臂上指點道：「起於極泉，經青靈、少海，過靈道、通里、神道、神門，止於少府、少沖，初練者難點在於從手臂六脈之中識別單一的經脈。」

說著，她也伸展手掌打出一招，看樣式跟江輕霞毫無差別，但王小軍聽了卻如五雷轟頂——她說的這些穴位跟江輕霞說的差了十萬八千里！

「二師叔你等等！」王小軍虛弱道，「為什麼你說的跟師父說的一點也不一樣？」

「哦，你師父是怎麼說的？」

「我師父讓我從肩髎肩貞這些穴位練起。」

韓敏絲毫不以為意道：「正常，只是練法不同而已，你師父練的是以穴位起手，逐漸連成經脈，我是以經脈起手，漸漸牽連穴位，殊途同歸。」

王小軍這才稍稍放心道：「那哪種方法更容易呢？」

韓敏失笑道：「因人而異，天下哪有一成不變的練法？」

王小軍崩潰道：「可是我不知道我是哪種人啊，這樣吧二師叔，你把你的方法也詳細教我一遍。」

韓敏也不推脫，仔細地給王小軍演示了經脈路線，得知他不認識穴位，又特地教了半天，王小軍拼命死記硬背，而且他多了個心眼，跟江輕霞學的時候，他練的是右臂，這回則改換了左臂。實在是因為那些穴道生硬拗口容易混淆，分開練多少還能好點。

他原本想得簡單，讓韓敏幫他再補強一下，誰料硬是又學了一套全新的理論。

跟韓敏這一學就是兩個小時，比跟江輕霞學的辛苦多了，好在韓敏態度溫和不急不躁，講的東西務求讓人記住記牢，而且要多次考核無誤才肯接著再往下講。從傳道授業的角度說，江輕霞似乎更適合給那種一點就透的天才當老師，而韓敏則像是個稱職負責的小學老師。

王小軍從半夜三點多出來，不知不覺已經快早上七點了，韓敏看他把自己教的東西都記牢了這才道：「你快去吃早點吧，上午沒功課了，下午有個正式拜師儀式，你不要遲到。」

「二師叔再見！」王小軍飛奔下孔雀臺，他心裡惦記著胡泰來，可折騰了這一上午肚子也確實餓了，好在餐廳離孔雀臺不遠，他飛奔進去，只見弟子們正井然有序地排隊買早點。

王小軍四下一瞧，驚喜地發現郭雀兒正在一張長條桌上吃飯，他大步走過去躬身道：「四叔早！」

郭雀兒愕然抬頭，不等郭雀兒說什麼，王小軍指著她面前的兩根油條道：「四叔，這兩根油條你還要嗎？」

「呃……我還沒吃呢……」

「謝謝四叔！」王小軍直接把兩根油條搶在手裡，順勢又把邊上的豆沙包也捏走，然後撒腿就跑！

「誒？」那弟子失措地站起來。

郭雀兒忍俊不禁地擺擺手道：「算了，一個豆沙包你還想追回來？以後這人要搶什麼，你們就乾脆給他，臉皮厚成這樣也是不容易。」

王小軍按照昨天胡泰來說的路線，來到那個岔路口左轉上了山路，很快就發現這是自己在峨眉山上走過最陡峭的路，兩邊的宿舍漸漸稀少，胡泰來的屋子遲遲不見蹤影，好一會兒他終於來到一面山壁前，這裡四下無路，看樣子想繼續前進，必須得攀爬上去。

這面山壁將近三米之高，光滑直立，山坡上沒有助跑的地勢，也沒有可以墊腳的東西，難怪胡泰來讓他帶條繩子，王小軍沒當回事，這時傻了眼，他使勁蹦了幾下，完全上不去，王小軍又急又氣。

他怒從心起，一掌打斷一根胳膊粗的樹杈，然而他馬上就有了計較，揮掌又劈了些樹枝，把它們用掌力拍進山壁的縫隙，然後踩著這些樹枝才勉強爬了上來。

「什麼嘛，讓客人住在這麼難走的地方！」王小軍吁了口氣，這次終於看見了胡泰來——老胡正在小屋子前一板一眼地練拳。

王小軍飛快地跑過去，一邊把油條塞給胡泰來，一邊用閃電一樣的語速道：「老胡，我學了兩個版本的纏絲手，一個是穴道版，一個是六脈神劍版，你想學哪種，快選！」

胡泰來納悶道：「你這麼急幹什麼？」

「不快點，一會兒就忘了！」

「你先說穴道版。」

「我先問你，你認識胳膊上的穴道嗎？」

胡泰來道：「有時候我們受傷著涼什麼的，我師父會給我們扎針，所以認識一些。」

王小軍喜道：「那好辦多了，穴道版的纏絲手是從肩髎穴到肩貞穴……」王小軍快言快語地解釋了一遍，一邊指點著那些穴道。

胡泰來沉思片刻道：「這穴道版要求練功者瞬間出擊的時候把不同位置的穴道都置於同一直線上，力量和精度都不能有絲毫差錯，看來得有相當深的根基才行啊。」

「對對對，江輕霞也是這麼說，你快練吧。」

胡泰來道：「那你再說說那個什麼六脈神劍版。」

「哎呀，你就選中一個練嘛——」王小軍雖然這麼說，但還是快速地把韓敏的版本也演示了一遍，而且兩條路膊分工明確，江輕霞版在右手，韓敏版就在左手。

胡泰來看罷道：「韓敏從手少陰心經練起，看起來是要簡潔明瞭一些，不過對練功者的基本功要求更高，沒有四五年的苦功加上對穴道經脈瞭若指掌，誰能保證找得準一條經脈呢？」

王小軍把豆沙包整個塞進嘴裡，嘟囔道：「別淨說廢話，你倒是練哪種啊？」

胡泰來想了想道：「我就先從穴道練起吧。」

「那快練！」王小軍找了個蔭涼的地方坐了下來。

「你幹什麼？」胡泰來問。

「看你練啊。」

胡泰來道：「你跟我一起練！」

王小軍攤手道：「我又沒中毒。」

胡泰來認真道：「我們黑虎門是外家拳，對經脈穴道向來生疏，從這個角度上說，我們起跑線是一樣的，如果你和我一起練，還能起個相互參照相互幫扶的作用，你不會怕辛苦不肯吧？」

王小軍被噎得一愣一愣道：「我還攬上事兒了？」

胡泰來笑道：「幫人幫到底嘛。」

王小軍憤然跳起道：「練練練！我就知道你不會讓我閒著！」

兩個人並排站立，胡泰來左手放在腰間，紮著馬步練習纏絲手的起手式。

纏絲手的起手式要求手指平伸向前和胳膊呈一線，通過上臂的扭動，帶動小臂和手指極速旋轉鑽出，整個動作必須在一條直線上，不能有絲毫的誤差，這就要求出擊剛勁和柔巧結合，胡泰來的黑虎拳剛勁足夠，靈巧卻是個需要克服的問題，好在他練功二十年，知道任何事情都不是一朝一夕就能見到成效的，所以心性極穩，右手一下，接著一下鑽出，沒有任何不耐煩。

王小軍跟著胡泰來練，一是架不住胡泰來要求，二來主要是怕忘了，他知道雖然人家教了他起手式，可離成功還任重而道遠，胡泰來沒有多餘的時間浪費，他只要出一點問題就前功盡棄；而且他生怕胡泰來練到中間才發現江輕霞的辦法不適合他，所以韓敏教他的理論也不敢忘，於是左右手分別練的是兩種方法。

到日上三竿的時候，胡泰來忽然右手毒發，一時痛得拿都拿不起來了。王小軍雙手仍然一遞一換地向前鑽著，喝道：「老胡別停啊，反正你不練也疼，練也疼，只要你不停，總有一天會變成你虐它！」

胡泰來顫抖著平舉右手，費了好大勁才又鑽出去一下。

王小軍鼓勵道：「這就對了，我想明白了，這纏絲手就像你站在遠處用繩子圈套牆上的釘子是一樣的，不但方法得對，而且得碰運氣，只要你繩套甩出去的角度和力量剛好，遲早有套住釘子的時候，就算成功率只有萬分之一，你什麼都不做，鑽它一萬下總有一下能成！」

他一邊說，一邊仍然飛快地鑽著，他突破鐵掌第一重境時，一天在木人樁上打過九萬掌，一雙胳膊早已如鋼似鐵，這種往空氣裡鑽的動作絲毫不會感到吃力，這會兒為了鼓勵胡泰來更是賣力。

·第三章·

入派儀式

江輕霞帶著韓敏和冬卿從大殿裡走出來，冬卿輕咳一聲示意眾人安靜，隨即朗聲道：「今天是我們峨眉新弟子入派儀式，經過三個月的考核和篩選，有六……呃七名佼佼者獲得了加入峨眉派的資格，讓我們掌聲恭喜他們。」

上午十點剛過，唐思思鬼使神差地一個人來到了餐廳。

這時已經有人開始準備午飯，見唐思思走進來，知道這是掌門的客人，於是上前招呼：「唐姑娘，午飯時間還沒到，你是不是餓了？」

唐思思訥訥道：「我想來餐廳幫廚，應該跟誰說？」

那人一愣，隨即喊道：「吳姐！」

吳姐應聲走出，正是昨天那位四十多歲的女人，看來她是這邊的負責人。

唐思思心往上一提道：「吳姐，我想來餐廳幫廚……」

吳姐目光不善地打量著她道：「你不是不會做菜嗎？」

唐思思道：「我可以學。」

吳姐也不多說，走到灶台邊上問一個正在備菜的女廚師：「你這是要做什麼？」

「番瓜炒木耳。」那人道。

吳姐轉身對唐思思說：「好，那你就給我做一道番瓜炒木耳，然後我決定留不留你。」

唐思思心虛道：「我可以先從洗菜切菜幹起的。」

吳姐用眼神示意她趕緊動手。唐思思見案板上菜和配料都準備好了，她閉著眼睛努力回憶陳長亭做菜的樣子，隨即猛地睜開眼打開了灶火。倒油、入菜、翻炒，在外行人眼裡，絲毫看不出這是唐思思極少有的幾次炒菜經歷之一！

唐思思額頭微汗，腦子裡忽然響起了陳長亭的話：火候！火候！火候是做菜的靈魂！唐思思全神貫注地觀察著菜在鍋裡的變化，仔細辨識著味道，她迅速關火，將鍋裡的菜傾倒入盤，菜色黑白分明，從賣相上來看很是不錯。

「倒掉重做！」吳姐喝了聲。

「為什麼？」唐思思怒道。

「你說為什麼──你忘了幹什麼了？」

唐思思一愣，隨即大慚，她光顧著想火候的問題，再加上緊張，居然忘了放調味料！

「我……」唐思思打起了退堂鼓，心裡十分委屈，她原本也沒說自己會做菜，來餐廳只是想幫廚而已，現在吃了癟丟人敗興，只想一走了之！

吳姐喝道：「繼續做，你不會做菜我要你幹什麼？我們後廚不養閒人。」

唐思思默不出聲地又往鍋裡倒上油，入菜翻炒、這次不敢再忘了加調味

料，吳姐拿起筷子挑剔地吃了一片番瓜立刻道：「太鹹，倒了重做！」說著，直接把那盤菜都倒進了垃圾桶。

唐思思眼睛裡噙著淚水，有心就這麼走了卻又不甘，吳姐冷冷道：「小姐，做菜不是你想得那麼簡單的，你要是覺得委屈，可以回去繼續當你的貴客去，何苦在我這像個小媳婦一樣？」

唐思思不說話，再次炒了一盤番瓜木耳出來，這次她甚至連緊張都顧不上了，第二次吳姐說她炒鹹了，唐思思眉頭緊皺，伸向調味料的手不禁遲疑了一下。

吳姐不屑道：「你師父教你做菜的時候，沒教過你該放多少鹽是吧？知道為什麼嗎？因為做菜是聰明人才能幹的活兒，你師父上次炒菜的時候放多少鹽，你以後一輩子都只放那麼多鹽嗎？」

唐思思一頓，放了比上回略少的鹽，她對自己的感覺還是有自信的。

這次菜出鍋後，吳姐嘗了一口面無表情道：「倒出去吧。」

旁邊的人忍不住問：「吳姐，這次又是因為什麼要倒掉？」

吳姐道：「我讓你端出去倒在菜盆裡給大家吃。」

唐思思終於暗暗鬆了口氣。

吳姐馬上指著她道：「別閒著，看什麼菜需要人趕緊去！你以為會炒一道菜就了不起啦？」

吳姐之所以這麼說是有原因的——峨眉派山上有一百多人，食堂裡炒菜的加上唐思思一共就四個人，而且吳姐只負責給掌門做菜，也就是說，只有兩個負責炒菜的主廚，而那些負責打菜打飯刷卡的都是當值的弟子，她們不會做飯，就跟值日生一樣。

食堂的菜色雖然固定，但是誰也不知道哪道菜會忽然熱銷，這個時候就需要廚師馬上炒出新的來補充進去，所以峨眉的食堂大師傅更像是救火隊員，什麼缺了炒什麼，唐思思炒的番瓜木耳只是其中的一道菜。

飯點一到，弟子們紛紛湧入食堂，不同人有不同口味，各式菜樣都在以不同的速度減少，便有值日弟子趴在窗口喊：「番茄炒蛋沒有了！」「青椒炒肉絲沒有了」「紅燒茄子沒有了」……

每當這個時候，唐思思就得趕緊動起來，這當口她已顧不上緊張和忐忑了，百十多號人等著吃飯，你炒不出來那就是失誤，唐思思這個新手司機連上路都還沒幾趟，現在直接就上了高速公路了。

於是當王小軍和胡泰來來到餐廳時，就看見了令他們驚悚的一幕——唐

思思穿著白袍，不斷忙碌著端出各種菜色來。

王小軍一哆嗦道：「壞了，這個煞星跑人家後廚為禍去了！」

胡泰來比較厚道：「思思是想幫忙吧？」

「以她那個手藝，這是要讓峨眉滅派呀！」

兩個人小心翼翼地觀察著唐思思做出的那些菜的去向，竟然發現它們還挺受歡迎，往往剛端出來一會兒就被人搶光了。

「難道峨眉派都是重口味？」王小軍納悶地說。

胡泰來突然道：「誒，你發現沒有，思思現在做出來的菜，賣相好多了。」

「去嘗嘗？」王小軍挑釁道。

「呃……那就嘗嘗吧。」胡泰來一臉豁出去的表情。

胡泰來拿出刷臉技能，打了兩道唐思思做的菜，兩個人湊在一起一嚐，驚訝地抬頭對視，那菜的味道別說是在這兩天的顛沛流離中，就算把以前吃過的好東西算上也是少有的美味！

王小軍哭喪著臉道：「思思有這樣的手藝，以前為什麼那樣對我們？難道是怕我們對她起色心所以先立個威？」

胡泰來無語道：「那也應該是把臉畫花，做暗黑料理算怎麼回事？」

「可能她想讓我們覺得一個女人既然對菜都能下這種狠手，對男人就更別說了。」

兩個人正在胡說八道，唐思思站在他們後面一蹦道：「味道怎麼樣？」

王小軍和胡泰來嚇了一跳。王小軍笑嘻嘻道：「為了不讓你驕傲，先給你下個『飯館味』的評語吧。」

「切！」唐思思瞪了他一眼。

這時吳姐走過來，食堂中午的工作告一段落，她擦著手，面無表情對唐思思道：「下午四點半來報到，別遲到了。」

「哦。」看來對方是不情不願的接受了她。

吳姐又看看王小軍道：「掌門讓我告訴你一聲，下午的正式拜師儀式你不要遲到了！」

「哦哦。」王小軍趕緊點頭。

吃了飯也就剛過半個小時，就聽大喇叭裡忽然響起了「鏗鏘玫瑰」的音樂，弟子們紛紛起身行動，有人告訴王小軍，這是掌門要大家在大殿前集合的信號。

當王小軍他們來到峨眉大殿前，這裡已經聚集了不少人，弟子們統一穿著峨眉的服裝，肅立兩邊，最引人注目的是大殿臺階下站著六個穿著便服的女孩，郭雀兒正在給她們講解著什麼，見王小軍過來，便衝他招了招手。

「四叔！」王小軍過去招呼道。

郭雀兒忍著笑道：「王小軍，這些都是跟你一批加入峨眉派的，一會兒掌門師姐就要舉行正式入派儀式了，我三師姐是司儀，她讓你們做什麼，你跟著做就是了。」

王小軍點頭道：「好的，四叔。」

這時江輕霞帶著韓敏和冬卿從大殿裡走出來，冬卿輕咳一聲示意眾人安靜，隨即朗聲道：「今天是我們峨眉新弟子入派儀式，經過三個月的考核和篩選，有六……呃七名佼佼者獲得了加入峨眉派的資格，讓我們掌聲恭喜他們。」

眾人鼓掌，王小軍也拍了兩下，他這會心裡在打著別人都不知道的小九九——這是正式拜師儀式，一會想必得給江輕霞磕頭，昨天那種私人場合也就罷了，今天全山的人都在看著呢，在眾目睽睽下給一個年輕女孩磕頭總歸是有點彆扭。

現在幾乎所有人的目光都集中在自已身上──誰叫他是萬花叢中一點綠呢，胡泰來雖然也在人群中，可位置就大大不如他顯眼了。

王小軍東張西望，那六個女孩身量都不高，個個屏息凝視，王小軍站在她們邊上就如鶴立雞群，又如狼入羊群，別提多醒目了。

冬卿瞟了他一眼道：「下面我給大家講一講我們峨眉派的歷史，我們峨眉派自漢代初立，作為武術流派興起於宋初……」

說到峨眉派的上一任掌門趙念慈時，冬卿和江輕霞等人一起垂首，帶領全體弟子默哀了一分鐘。

王小軍這才知道，峨眉派雖然名為大派，但向來人數稀少，趙念慈當掌門最初，峨眉派只有四名弟子，也就是隨她學藝最久的江輕霞這四姐妹了，還有十三人是近年來拜在趙念慈名下的徒弟，不過趙念慈因為身體原因不能再親自傳授武功，所以這十三人跟江輕霞等四姐妹名為師姐妹，其實卻是師徒，若干年來真正執掌峨眉的就是江輕霞和韓敏，正是因為這兩姐妹的努力，才把峨眉派發展到了今天的規模。

王小軍感慨，他初見峨眉四姐妹時，絲毫也沒覺得她們有什麼過人之處，沒想到她們居然很不簡單，尤其是江輕霞和韓敏，兩個女孩把一座只有十幾人的荒山發展成了武林中的世外桃源，這份能力讓男人都望塵莫及；再想想鐵掌幫和自己的處境，他自甘把鐵掌幫改造成了麻將館，雖然有不得已的原因，王小軍不禁小小地慚愧了一番。

冬卿講完歷史，便由韓敏頒述門規，韓敏無非就是鼓勵眾人勤學上進、敦促門人之間要友愛謙讓，和一般的校訓差不多。

在她講話的時間裡，郭雀兒捧著一大疊衣服分發給下面的七個新弟子，就是王小軍這兩天見到的那種黑T恤黑布裙，峨眉派向來沒有男弟子，所以發在他手裡的也是布裙，王小軍雙手捧著，頗覺尷尬。

這時冬卿朗聲道：「新弟子入門儀式正式開始──向掌門鞠躬！」

六名弟子一起彎腰，王小軍也跟著低頭，心想：馬上就要磕頭了，便自動跪了下去。

「禮成，有請掌門訓話！」冬卿面無表情道。

王小軍愣了好久才反應過來，跳腳道：「這就算完啦？」

郭雀兒在一邊低笑道：「對呀，掌門師姐上任後說要摒除舊習，早就不行磕頭禮了──你快站好了。」

王小軍這才明白為什麼郭雀兒每次見了他，都一副欲言又止忍俊不禁的樣子了。

江輕霞大概也看到了王小軍的樣子，細長的眉梢抖了抖，隨即一本正經道：「恭喜你們七位成為我們峨眉的正式弟子，各位是在三個月的考試中脫穎而出的，想必都是德行和悟性都十分優秀的人才，加入峨眉既是你們的榮幸，同時也是峨眉的榮幸，願大家在今後的日子裡能學有所成。」

她頓了頓道：「咱們派中弟子相互稱呼師姐妹即可，按規矩，後入門的稱先入門的為師姐，同批入門的，年長者為師姐，你們七個算是同批，一會兒自己按年紀去排個位次出來吧。」

冬卿聞言在江輕霞耳邊低語了幾句，江輕霞呵呵笑道：「哦錯了，王小軍比你們入門早一天，所以你們六個得叫他一聲師兄。」

郭雀兒這會兒跟王小軍解釋，原來峨眉自從大規模招生以來都實行預約制，入派儀式則是三個月或者半年舉行一次。六個人都是考試中選拔出來的，王小軍比她們早報到一天，於是成了便宜師兄。

六個女孩除了差點被王小軍插隊的那個之外，有一個只有十四五歲的樣子，還有兩個明顯要比他大一兩歲，這時聽掌門人這麼吩咐，只得一起轉向他，臉上表情各異道：「師兄！」

王小軍嘿然道：「乖，乖！」

今天一入峨眉派，他不由分說先多了六個師妹，更是瞬間多了一百多名師姐，從此以後，他王小軍師姐師妹遍天下……

入門儀式完成後，韓敏又講了些關於日後課程的安排，峨眉弟子入門後都要經歷一年的打底期，然後再根據自己所擅長的門類選擇不同的老師，韓敏專教拳腳功夫、冬卿傳授劍法，江輕霞則選拔派中精英弟子進一步地傳授內功和劍術，相當於博士生導師。

散場後，郭雀兒湊到王小軍跟前道：「王小軍，我以後要開一門輕功課，你跟著我學吧，你不想永遠回家帶條繩子吧？」

王小軍鄙夷地心說我壓根就沒帶過繩子，表面上隨口敷衍了兩句，來峨眉，他的目的很明確就是要學纏絲手，對其他的東西興趣缺缺。

這時江輕霞忽然提高聲音道：「王小軍、唐小姐，你們倆跟我來。」

王小軍和唐思思對視一眼，不知道江輕霞叫他們兩個有什麼事，王小軍囑咐胡泰來道：「我不在的時候你別偷懶啊──」胡泰來只能哭笑不得地點頭。

王小軍和唐思思隨著江輕霞進了大殿，江輕霞示意二人坐下，她先微笑著對唐思思道：「聽說唐小姐主動去食堂幫廚，堂堂的唐門大小姐如此屈尊，這叫我們峨眉派如何敢當？」

唐思思不自在道：「掌門以後叫我思思就好了，你叫我來就為了這事嗎？」

「好，我叫你思思，你也不要叫我掌門，叫我輕霞姐好了——」她話題一轉道：「你二哥唐傲已經到了峨眉山下，你知道嗎？」

唐思思吃驚道：「他來了？是為什麼？」

江輕霞道：「當然是為了你啊，他說要帶你回唐門。」

王小軍詫異道：「我們才剛到峨眉一天，消息就走漏了？」

江輕霞瞟了他一眼道：「你帶著唐門的大小姐招搖過市，還希望人家不知道嗎？」

唐思思道：「他具體是怎麼說的？」

江輕霞道：「你二哥說話很簡練，他執意要帶走你的要求被我拒絕後便不再回話，我邀他上山詳談他也不肯，但據弟子們說，他已在山下租了一個地方住下，看來這事是沒得商量了。」

王小軍道：「這還不簡單，我去趕他走！」

唐思思作色道：「別胡說！我二哥是現在唐門的第一高手，你完全沒有機會的！」

王小軍知道她是擔心自己，忍不住道：「唐缺來的時候你也是這麼說，結果怎麼樣？」

唐思思只是搖頭：「完全不一樣的，唐缺在唐傲面前連小學生也算不上。」

江輕霞看二人爭得面紅耳赤，嬌笑道：「早聽說唐傲的『散花天女』是被譽為像熱兵器一樣的冷兵器，見識過它的人非死即殘，即便活下來的人也終生不願再談起它的威力。」

「像熱兵器一樣的冷兵器這麼拗口，」王小軍道：「你二哥還是個說相聲的？」

唐思思不悅道：「你能不能不胡說八道？」

王小軍回嘴道：「你二哥再厲害可連峨眉山也不敢上，可見是徒有虛名——是吧師父？」最後這一句捎帶地奉承了一下江輕霞。

江輕霞卻正色道：「倒不是不敢，唐傲身為武協的會員，就算他上了峨眉山也不能和我們動手，所以只有乾等。」

「那是為什麼……」話說一半，王小軍想起了劉老六的話——武協會員之間除非雙方自願，否則不能對彼此動手，峨眉是「六大」之一，唐傲既然是武協會員，那就意味著他就算上了山也不能逼江輕霞等人出手，所以他硬是在山下死等，唐思思下山的時候，峨眉派如果還要插手，那就變成了理虧的一方，就衝這一點，唐傲就比唐缺高明冷靜了許多。

江輕霞一雙妙目在王小軍臉上一轉，冷不丁道：「王小軍，那張武協的帖子恐怕不是你的吧？」

王小軍臉一紅道：「我也沒說是我的。」

江輕霞一笑道：「那張帖子上沒具名姓，顯然是武協找不到你爺爺，只好把帖子送到了鐵掌幫，我還納悶呢，以前武協開會從沒見過你，我還以為是你爺爺做了什麼手腳讓你不參加考試直接入了武協，原來你是拿著雞毛當令箭，否則憑你的身分，你覺得我會親自去大殿外迎接你嗎？」

原來江輕霞迎接王小軍主要還是衝著武協的面子，看來這個組織的會員之間天生有種籠絡力，不然就算他是鐵掌幫幫主的孫子，最多算是江湖同道，江輕霞以掌門人之尊是不可能親自出面招待的。

王小軍赧然道：「咱們都是一家人了，師父你還說這些幹什麼，再說我頭也給你磕了……」

江輕霞噗嗤一聲，隨即正色道：「小軍，下面這個問題是我以個人名義問的，你可以不回答——江湖上關於你爺爺的傳言……是真的嗎？」

王小軍嘆了口氣道：「是真的，我爺爺已經失蹤一年多了，所以青城派才會找上鐵掌幫，目的就是要利用我逼我爺爺出來，然後把在武協的位置讓給他們，結果陰差陽錯地把老胡當成了我，我們也因此上了峨眉。」

他粗略地把怎麼結識胡泰來和自己以前的狀況說了一遍。

當聽到「青城派」三個字的時候，王小軍注意到江輕霞明顯出現了憤怒和怨恨的表情，本著相互交換八卦的精神，王小軍趁機問：「師父，咱們峨眉派和青城派到底有什麼恩怨呀？」

江輕霞鬱結道：「一言難盡，你無心於江湖那是最好，學會了纏絲手就下山去吧。」她又對唐思思道：「思思，你二哥的事情我盡力幫你想辦法，不過我很好奇你為什麼要離家出走，當然，這個問題你也可以不回答。」

沒等唐思思說話，一個弟子快步走進來對江輕霞道：「掌門，十三師叔和十四師叔來了，知道你在會客，所以想請示一下你的意思，她們是不是過會兒再來？」

江輕霞道：「這裡沒外人，讓她們進來吧。」

那弟子走後片刻，大殿裡進來兩個三十歲上下的女人，其中一個留著齊耳短髮，穿了一身男式西裝，顯得十分精幹；另一個則是身材凹凸有致，穿著套裝，戴了副金絲眼鏡，活脫是個時髦的ＯＬ，這兩個人的裝束在峨眉山可說十分顯眼。

「掌門師姐！」那兩人進來後便和江輕霞抱成一團，語氣裡既有敬重也有親熱。

「快坐吧。」江輕霞見了兩人也很高興，隨手指指王小軍道：「這是我新收的徒弟，這位則是唐門的大小姐。」

「十三叔、十四叔好！」王小軍發揚一貫的嘴甜風格。

那個中性打扮的是十三，ＯＬ則是十四，兩人見了王小軍也是好笑不已，又和唐思思按賓主見過了禮。

江輕霞迫不及待道：「快說說吧，這幾個月業績怎麼樣？」

那ＯＬ表情一變，公事公辦地打開資料夾道：「這三個月來咱們的廣告公司只賺了兩百多萬，縮減了百分之二十多。」

江輕霞面色一寒道：「怎麼回事？」

十四馬上起立道：「對不起掌門，近些年來網路的發展和自營媒體對傳統廣告業衝擊很大，最主要的是青城派也開了一家廣告公司，寧願賠錢也要和我們打價格戰，師妹無能，沒防住他們的暗算。」

江輕霞輕嘆口氣道：「別這麼說，能在夾縫中求生，不賠錢你就是盡力了，十三你那兒呢，你可是重頭戲。」

中性打扮的十三道：「咱們手上最大的那塊地已經和蜀中實業集團達成意向，要建一座集百貨、超市、娛樂和餐飲為一體的購物中心，可是最近他們忽然改了口風，硬是要在原來談好的條件上多收百分之十的費用，這樣一來，這筆生意做不做就沒什麼意義了。」

江輕霞直接道：「你覺得問題出在哪裡？」

十三哼了聲道：「八成又是青城派的人耍了花招。」

江輕霞道：「找別人合作呢？」

十三報告道：「蜀中集團原本的出價是最合理的，別人未必有這樣的實力，二來，就算找別人，青城派仍然不知道會搗什麼鬼。」

江輕霞揉揉太陽穴道：「不急，反正地在我們手裡。」

十四猶豫道：「可是掌門師姐……現在經濟這麼不景氣，那塊地是我們最後的王牌，如果讓它就那麼空著，這裡不是馬上就要入不敷出了嗎？」

十三道：「要不要找二師姐來商量一下？」

江輕霞道：「這種事還是不要去煩她了，讓我再想一想——你們倆的功夫沒有擱下吧？」

十三靦腆道：「不瞞掌門師姐，我的丹田現在一刻鐘已經可以豁動兩下了。」

江輕霞面有喜色道：「那恭喜你了——十四呢？」

十四面紅耳赤道：「咱們還是說說虧損的事吧……」

江輕霞無奈道：「十四，你一個廣告公司的老總又不用天天出去喝酒應酬，功夫怎麼就不長進呢？下次再見你，要是還打不開丹田氣，我可就要把你留在山上了！」

十四吐了下舌。

三姐妹談完公事便有說有笑起來，涉及的話題也漸漸過度到女孩間的私密事，王小軍咳嗽一聲站起來道：「那個……師父，要是沒什麼事我就走了。」

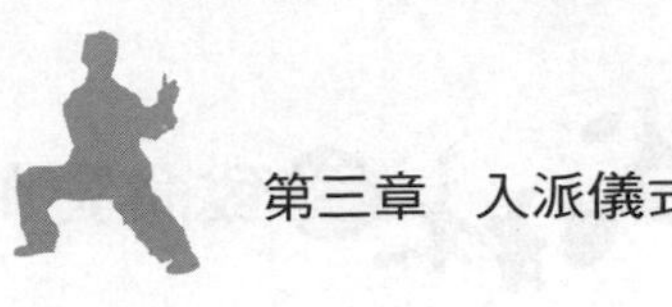

江輕霞點點頭道：「好，你去吧。」

王小軍拽拽唐思思，兩個人一起走了出去。

十三看著他們的背影走遠，道：「師姐，聽說這小子是鐵掌幫的少幫主，是真的嗎？」

江輕霞奇道：「你是怎麼知道的？」

十四道：「師姐，我們是現代人，有微信QQ各種通訊群組好嗎？」

「又有師妹跟你們八卦了？」江輕霞勉強笑道，眼中隱有憂色。

「我現在終於知道峨眉派為什麼這麼有錢了——你把剛才那倆人的稱呼從『掌門師姐』改成『江總』，一下就全明白了。」王小軍出了門道。

唐思思點頭：「沒想到江輕霞除了是掌門，還是一家廣告公司和地產公司的董事長，真是了不起。」

王小軍道：「但是她們和你們唐門遇到了一樣的問題——錢馬上就不夠花了，唯一不同的就是唐門還有你這個女兒可以賣，你二哥那兒你到底打算怎麼辦？」

唐思思幽幽道：「走一步看一步吧，看來就算我想和家裡決裂也不是那麼容易的。」

王小軍嘆道：「一入唐門深似海，從此節操是路人啊。」

王小軍和唐思思從大殿出來的時候就已經下午四點多了，唐思思還惦記著自己在食堂的職責，小跑著前去報到，結果不出所料，一到那兒又是一大堆菜在等她下鍋，根本也沒人顧得上理會她到底會不會做菜。王小軍也正好利用這個便利，打了滿滿兩大盒唐思思做的飯菜去找胡泰來。

王小軍又順著樹枝爬上石壁，胡泰來也沒有讓他失望，正在小屋前一板一眼認認真真地練習纏絲手。

「怎麼樣老胡，有沒有江輕霞說的手上一熱的感覺？」

胡泰來搖搖頭道：「纏絲手是峨眉絕學，我才練了一天哪能就有什麼感覺？」

這時又是夕陽西下時分，漫天紅霞耀眼，王小軍和胡泰來就坐在小屋的臺階上默默地吃飯，兩邊是絕壁，頭頂是夕陽，那場景終究有些寥落，兩個人的興致也不太高，一天又過去了。

胡泰來的傷勢沒有絲毫好轉，只要日頭一落，就意味著他們只剩一個星期的時間，這一個星期就算胡泰來哪也不去，拋開睡覺和吃飯的時間，能用

於練功的也無非就是百十來個小時。

王小軍凌晨三點起來折騰了一天，這會吃完了飯有點犯睏，就抱著膝蓋在臺階上打起盹來。

「小軍？」胡泰來叫了他一聲。

王小軍頓時張牙舞爪地跳起來，嘴裡喊道：「練練練！」胡泰來心裡一陣感動，以前讓這小子練功那是比登天還難，他之所以這樣，完全是為了自己。

胡泰來道：「要不然你先回去睡吧，我自己再練一會。」

王小軍也是實在熬不住了，迷迷糊糊地答應了一聲就往回走，一路上有好幾次都差點滾到山下去。

唐思思一天之間就成了食堂的明星，她炒的菜往往很快就會被掃光，以至於另外兩個廚師大部分時候只能袖著手看她炒。

唐思思本人也很興奮，有種小孩子終於被大人認可的感覺，以前在陳長亭那裡幹活時，她被灌輸了根深蒂固的觀念——鍋灶是很神聖的東西，沒準備好就沒資格碰，所以她很珍惜這次機會，生怕搞砸了。

將近九點的時候，晚餐時間結束，值日的弟子們開始收拾碗筷、打掃衛生，唐思思也艱難地揉著左手的手腕。

由於陳長亭視火候為做菜第一要務，翻炒的技術自然也獨步天下，唐思思按他的手法一晚上幾十鍋菜炒下來，手腕終於受不了了。

吳姐遠遠地看著唐思思，道：「小妞，你腕力不行啊。」

「哦，是嗎？」唐思思隨口應了句。

吳姐聽出了唐思思的不屑，冷冷道：「一看你就知道沒正經學過，你別不服氣，憑你的刀工，你的菜就註定好吃不了，我說得對嗎？」

唐思思臉馬上紅了，腕力以後練習多了就好了，可是刀工確實是她的硬傷，可以說她現在使刀的水準還在「一驚一乍、唯恐切手」的層次，如果沒人幫她，怕是一道最簡單的菜她都得切半個小時。

「那……怎麼辦？」

·第四章·

柔軟的胖子

說也奇怪，夜行人的拳頭無論搗向哪裡，韓敏的肥肉就像有自主意識一樣，會自動趨避彈跳。兩人過了幾十招，夜行人就被韓敏揍了幾十下。王小軍感慨道：「我二師叔雖然是個胖子，但是個很柔軟很靈敏的胖子啊！」

吳姐見唐思思服軟了，這才頗有幾分得意道：「以後每天早來一個小時，我教你幾手能增強腕力的功夫，刀工也可以傳你，總之，做菜需要的一切基本功我都能教你。」

唐思思兩眼放光道：「真的嗎？謝謝吳姐！」

吳姐一擺手道：「慢著，我得先問問你，你能給我什麼好處？」

「我……」

唐思思頓時沒詞了，她現在身無長物，胸針倒是值倆錢兒，不過她清楚吳姐這個檔次的大廚壓根也不會瞧得上，吳姐既然這麼說了，那必定是有所圖。

看她目光灼灼地盯著自己，唐思思忽然有點明白了——這世上有些女人也是喜歡女人的，自己最值錢的也就是她自己了……

「這……我……」唐思思又急又臊，要說直接拒絕又不甘心，一時陷入了兩難。

吳姐眯著眼盯著唐思思道：「聽說你是唐門大小姐？」

「是……」唐思思不知道她問這個幹什麼。

「那你會打暗器嗎？」吳姐問。

唐思思這才暗暗地鬆了口氣，這會她有點明白對方想要什麼了。韓敏說吳姐是因為好武才到峨眉來做飯的，等於是女版的胡泰來，是個十足的武癡。

唐思思猶豫道：「會是會，就是打不準……」又心虛地補充了一句，「也打不太遠。」

「反正基本手法是會的吧？」

「當然。」

吳姐道：「那就好，這樣吧，以後你早來一小時跟我學做菜的基本功，晚走一小時教我唐門暗器的基本手法，咱們便兩不相欠，怎麼樣？」

「就這麼說定了！」唐思思欣喜萬分，道：「咱們從今天就開始吧。」

吳姐露出了自從見到唐思思以後的第一次笑容：「看不出你這小妞還是個急性子──好！那你說該怎麼開始？」

唐思思觀察了一下餐廳，這裡地方空闊，她在桌上立了一個空飲料瓶子，隨即退到十米之外，見左右也沒個合適的暗器，便抄起一根木筷。值日弟子們見狀都圍了過來，十米之外用筷子射瓶子，這可是需要實力的！

唐思思瞄了瞄瓶子，甩手「嗖」的一下丟出筷子，筷子迅疾地飛出，然後經過瓶子身邊，「啪」地一下把涼菜間的玻璃點出一個小白點，白點下恰好有個弟子在彎腰掃地，聽見聲響，猛地抬頭道：「什麼事？」

平視看去，那白點距離瓶子大概有一米五左右，也就是說，唐思思的誤差達到了一米五，眾弟子面面相覷，隨即一哄而散。

「你們幹什麼走？」那掃地的弟子莫名其妙道。

「快走，你不要命啦?!」眾人一窩蜂地把她解救出了危險區域。

吳姐卻沒有因唐思思失去準頭就失望，相反地興奮道：「光憑這份手勁就不愧是唐門大小姐啊！」

唐思思羞愧道：「這不算什麼，而且力道和手勁雖然有關係，不過更多的還是要靠巧勁。」

吳姐一拍大腿：「對吧？我就知道，不然你連鍋都端不穩，怎麼可能打出這麼霸道的暗器？」

唐思思無奈道：「我端不穩鍋，那是因為我沒練過左手。」

吳姐興奮了一會兒後恢復冷靜，摸著下巴道：「你這個準度確實是……」

唐思思臉又一紅道：「我從沒有系統地學過，而且就算想學恐怕也沒人教，所以只是看了個皮毛。」

她說話的時候，順手拿起一顆乾桂圓朝水瓶丟去，這次居然擦著瓶子的邊掠過，暗器帶起的風甚至把瓶子帶得搖了搖，吳姐馬上又嗨起來：「快快快，說不定下一次就打中了！」

「嗖嗖——」唐思思接下來發出去的筷子又十萬八千里地點在了涼菜間的玻璃上，她自己也覺絕望，洩憤地再次丟過去一顆乾桂圓。

「砰！」瓶子被砸得高高飛起，良久才落地。

唐思思和吳姐四目相對，連她自己也不相信居然能打中的樣子。

吳姐忽然緩緩道：「你有沒有發現，一旦你用圓形的暗器時，準頭就會好很多？」

「對耶！」唐思思也是同一時間悟出了這個道理，之前她用小藥瓶和小石子給王小軍助戰，效果都很一般，在火車上她成功制住劫匪用的是偏向於圓形的話梅，雖然也是因為離得近，但那次是絕對不允許失誤的。現在她用桂圓和筷子的差別可說天上地下，唐思思不由分說地抓起一大把桂圓往對面涼菜間玻璃上扔去。

「啪——啪——啪——」那些桂圓紛紛擊中剛才的白點附近，彼此相距最遠的也只有三四公分而已。

「啪！」最後一顆桂圓穩穩地擊中了最先的白點之上，兩擊重疊，玻璃瞬間被打了一個圓形的洞。

「耶！」唐思思和吳姐擊掌慶祝，唐思思開心的不知如何是好，抱著吳姐又蹦了幾下。

稍傾，吳姐按住了唐思思的肩頭，火熱道：「好了，下面該你教我了。」

王小軍回到屋子後，一頭栽倒在床上，連被子都沒來得及蓋，就四仰八叉地睡著了。

他也不知道自己睡了多久，只隱隱覺得夕陽落下月亮初升，隨之月亮也慢慢移動，屋裡極其微弱的光線也在緩慢地變化，隨著這一切，他的腦子開始逐漸地清醒，滿腦子裡都是纏絲手的起手式，尤其是江輕霞當時教他的樣子格外清晰地閃現出來。

王小軍右手猛地一抬鑽了出去，像夢遊一般，下一秒，王小軍瞪大眼睛坐了起來！

他的右臂，自肩髎穴以下、肩貞穴、手五里、手三里、陽池、前谷這幾個穴道同時微微一熱，那熱度非常微弱，微弱到就像有人在寒夜裡擦了一下火石，但王小軍胳膊失去知覺已經很久了，所以就算這微弱的熱度也被他敏感地察覺到。

現在，王小軍的右臂裡逐漸亮起了點點星火，這些星火正在越來越亮，它們遙相呼應、息息而動！

很久之後人們問起王小軍是怎麼在一天一夜之間就練通了纏絲手起手式的時候，他自己都莫名其妙語焉不詳，後來被逼急了，只好蹦出兩個字：多練！

其實這兩個字倒真是完美地解釋了他的境況。王小軍一天能打九萬掌，也就能鑽幾萬次，在他陪胡泰來練習的過程中，他的速度和頻率是普通人絕對達不到的，一天的練習量頂別人幾個月。而之所以在半睡半醒間成功，這也是運動員們經常會遇到的事情——苦心孤詣地去練一個戰術動作，在最疲憊的時候往往很難成功，那是因為緊張的肌肉會使動作失真，休息一陣後再練，反而會起到事半功倍的效果。

王小軍驚喜的又鑽了幾下，明確感知到來自右臂幾個穴道的熱力，知道確實是纏絲手起了作用，看時間大概是快凌晨三點的樣子，他正在猶豫還要不要小睡一下的時候，猛然就聽遠處山間有女弟子的呼喝警報聲：

「夜襲！有人夜襲峨眉！」

王小軍第一反應就是唐傲來抓唐思思了，他飛身來到唐思思門口，低喝道：「思思，你還好嗎？」

裡邊無人應答，王小軍心往上一提，舉起手掌剛要破鎖，就聽唐思思帶著睡意的聲音道：「我沒事……是我二哥來了嗎？」原來她打著和王小軍一樣的心思。

王小軍站在原地道：「你快穿好衣服，咱們馬上去峨眉大殿。」

「去那兒幹什麼？」

「只有到那裡你才是安全的。」

唐思思頓時會意，她穿好衣服出來，帶著兩個黑眼圈。

「你昨天睡得很晚嗎？」王小軍納悶道。

兩個人借著路燈飛奔往峨眉大殿，唐思思一邊跑一邊渾身摸索，她見路邊矮叢中有還沒熟的野果，便上前摘了一把。

「你這又是幹什麼？」王小軍發現自己越來越看不懂唐思思了。

不等唐思思說話，樹叢中有人喝道：「什麼人？」說著兩名峨眉弟子手持鐵劍躍出。遠處有人聽到這裡有動靜便也圍攻過來，王小軍和唐思思瞬間就被五名女弟子包圍。

「師姐們好啊。」王小軍尷尬地招了招手，原來弟子們聽到警報都已起身警戒。

峨眉平時看起來像所青春洋溢的女校，可到底是名動江湖的大派，強將手下無弱兵，這時這些女孩們英姿勃發，個個如女俠一般。

起先的兩個女弟子見是王小軍，這才笑道：「原來是師弟，不知道是什麼人這麼大膽敢夜探峨眉，掌門人已經下達命令，讓你和兩位客人前去大殿會合。」

王小軍滿頭霧水道：「什麼時候下達的命令？我怎麼不知道？」

一名女弟子詫異道：「我們有一個微信群組，掌門人沒加你嗎？」

「呃，沒有，師姐你加我一下吧。」

唐思思無語地看著王小軍和女弟子們搗弄手機，不一會，果然進了一個名為「峨眉派」的群組。

女弟子道：「你和這位唐小姐快去大殿吧，掌門人已經到了。」

王小軍和唐思思一邊往大殿跑，一邊就見群組裡不斷有訊息閃出：惡徒出現在西山！跑到北面去了！惡徒輕功很好，大家小心！想從北面下山，被我們姐妹用七人陣截回去了！

王小軍依照訊息往北面山坡打量著，遠遠地就聽到有人呵斥挑戰的聲音，間或能看到劍光在夜色中閃爍，接著一條黑影飛速掠過，向自己這邊撲來。

王小軍剛想擋在唐思思前面，不料唐思思已經捏著一個野果站到了山邊，目光灼灼地判斷著那人和自己的距離。

王小軍好笑道：「你想跟你二哥動手？」

唐思思篤定道：「那人不是我二哥，我二哥如果決定夜襲峨眉，那麼他被發現後就不會跑！」

再看那黑影確實是想奪路而逃的樣子，峨眉弟子們三五成群地結成劍陣，她們看似鬆散地把守在要道上，其實是封死了所有下山的路。

那黑影往這邊來其實是聲東擊西，他身形一轉又到了別處。山腰上的弟子們剛要追擊，韓敏趕緊在群組裡發了一條語音：「不要上當，各自守住自己的位置！」

這樣一來，那黑影被漸漸逼上了山頂，難的是他一觸即走，像是有根繩子在提著他一樣四處飄盪，雖然無法下山，竟也無人能抓得住他。

冬卿在群組裡道：「這人輕功確實不錯！」

郭雀兒沒有說話，只發了一個頑皮的笑臉，顯然是不服。

就這樣，眾弟子緩緩收網，那人終於被逼到了峨眉大殿前。王小軍和唐思思趕來時，他已經被重重圍在一個大圈子裡。

這人身材魁梧，把外衣纏在臉上，顯然上山前沒想到自己會落得如此狼狽，所以也沒準備面具之類的東西。

王小軍忽道：「難道這人是……豬八戒？」

幾天前他被戴著豬八戒面具的神秘人攆得像狗一樣，印象十分深刻。

「此人武功遠不及豬八戒。」說話的是胡泰來，他聽到警報後也聞訊趕到了。

江輕霞背著手站在臺階上，身邊是韓敏和冬卿，江輕霞淡然道：「閣下既然敢夜探峨眉，怎麼不敢以真面目見人？」

那人哼了一聲道：「峨眉派好大的名頭，卻只會以多欺少！」

韓敏微微笑道：「這好辦，我來跟你比試一下，拳腳兵器隨你選，你要是贏了，我就讓你下山。」

江輕霞不悅道：「敏姐，你是不是有點托大呀？」她最不樂意的是韓敏沒經過她的同意就擅做主張。

韓敏意識到這一點的時候話已出口，只好笑笑算作道歉，然後問那夜行人道：「你打算比什麼？」

那夜行人剛才吃夠了劍陣的苦，知道峨眉派從前都是以劍派冠名，必然劍法卓絕，於是脖子一挺道：「我和你比拳腳！」

韓敏走下臺階道：「好。」

夜行人見對方是個大胖子，走路的時候，她顫，臺階也顫，心裡莫名驚詫，不明白這樣的人如何能成為峨眉派的領導層，更不明白她到底有什麼過人的本事，單就比拳腳而言，他甚至不用和她硬拼，只要圍著她轉上幾圈怕就把她轉暈了。

他打定主意，見韓敏剛下了最後一個臺階便猱身而上，掠向韓敏身後，打算在她後肩拍上一掌，讓她倒地認輸也就是了。

不料韓敏眼見對手繞到了身子左後方竟不回頭，聽風辨形將右掌從左肋下穿出，堪堪和夜行人對了一掌，韓敏紋絲不動，夜行人卻被震得登登登連退，不由自主上了臺階，眼看就要撞到江輕霞身上，冬卿忽然伸手將他按定，面無表情道：「小心。」

夜行人只這一招就知道自己八九要壞，韓敏功力深淺不說，那出手按住他的姑娘也身手不凡，剛才人家要趁機出手，自己說不定早就仆街了。

夜行人心裡發虛，腳上卻是拿出十二分本事，在韓敏身前身後快速地盤旋著，他要先讓對方眼花繚亂然後再趁虛而入。

韓敏眼問鼻鼻問口，垂著眼簾竟不看他一眼，夜行人冷不丁突前，從側面對準韓敏的腋窩虛揮了一拳，他不斷地虛張聲勢旁敲側擊，就是希望讓韓敏動起來，誰都清楚一個兩百斤的胖子動起來其實是沒有行動力的，只有這樣他才有機會！

如他所願，韓敏動起來了！

眾人只覺眼前一花，韓敏那碩大的身軀已經無比貼近夜行人，當她停下腳步的時候，兩隻膀子的肥肉由於慣性原理飛甩出來，夜行人沒來得及做任何反應就被韓敏雙手結結實實地罩住了！

韓敏胖胖的手在夜行人前胸後背不輕不重地拍著，那意味很明顯，就是要小小的懲罰一下他夜探峨眉的現行，如果她要發力，夜行人不死也得重殘了！

這節骨眼上，夜行人自然是拼命反抗，他的拳腳不可謂不快，而且韓敏目標實在也大，可說也奇怪，夜行人的拳頭無論搗向哪裡，韓敏的肥肉就像有自主意識一樣，會自動趨避彈跳。兩人過了幾十招，其實就是夜行人被韓敏揍了幾十下。

看完她動手之後，誰都會有這樣的感覺——韓敏可不能減肥，否則功夫非減半不可。

王小軍不禁感慨道：「我二師叔雖然是個胖子，但是個很柔軟很靈敏的胖子啊！」

胡泰來嘆道：「這就是寸勁寸發的功夫，對身體每一公分的肌肉都控制精確，這是很多練武之人終生的夢想，我原以為峨眉四姐妹也就是同齡人中的高手，沒想到她們的境界如此之高。」

唐思思道：「控制肌肉難，控制肥肉就更難了吧？」

胡泰來：「……」

這時夜行人心裡也是絕望無比，知道再打下去無非就是被胖妞拍死，於是拼著利用後腰接了她一掌，借力用力高高躍起，從一眾弟子的頭頂飛過，這時所有弟子都在大殿前圍觀，只要給他飛到外圍便可趁機逃走。

韓敏見狀也不著急，叫了一聲：「四妹，看你的了！」

「好！」郭雀兒從旁拔地飛起，她的身子後發而先至，只一閃就和夜行人並肩，而後到了他前面，她扭過頭道：「嗨，你好啊。」

夜行人大驚，雙掌在半空中拍出。

他只是想讓郭雀兒知難而退，沒想到郭雀兒也把手掌拍了過來，兩人在空中對了一掌，夜行人身子急劇下落，郭雀兒則被推到了懸崖外邊！

「啊！」眾弟子一起驚呼。

郭雀兒神態閒適地擺了擺手，示意大家不必擔心，隨即真的像隻雀兒一樣輾轉飛騰，輕輕巧巧地畫了個圈子回來，最終穩穩落在地上。

夜行人摔倒在塵埃裡，剛想起身就被幾十把長劍包圍，他著慌地大喊：「別殺我！別殺我！我是王小軍的朋友！」說著一把扯下頭上的衣服，赫然竟是楚中石。

楚中石這麼說，所有弟子的目光自然都落到了王小軍身上，王小軍也嚇了一跳：「楚中石！怎麼是你？」

江輕霞道：「王小軍，這到底是怎麼回事？」

王小軍道：「這人我認識，但我保證他不是我的朋友。」

楚中石道：「你還欠我兩招秘笈呢！」

王小軍納悶道：「你就為了這個來找我的？」

楚中石狼狽道：「你以為呢？」他身邊仍然被幾十把劍圍著，站又站不起，只好腿伸展坐在地上仰著臉和王小軍說話。

江輕霞揮揮手示意弟子們散開，斥責道：「你就算找人也該白天來，我峨眉派全是女弟子，你深夜潛入，誰知你是何居心？」

王小軍道：「是啊，欠債還錢天經地義，可你也得看時間啊，這大半夜的，別說我這麼多師姐師妹，就算兩個男人也說不清不是？要是跟你傳出緋聞，我以後還怎麼在江湖上混？」

冬卿鐵青著臉道：「王小軍不要胡說八道！這人到底是不是你的朋友？」

王小軍高舉雙手道：「絕對不是，你們宰了他吧！」

楚中石帶著哭腔道：「王小軍，你可不能不管我啊。」

王小軍盯著他道：「我為什麼要管你？你平心而論，咱倆是朋友嗎？」

楚中石洩氣地搖了搖頭。

「這不就結了？」

冬卿道：「掌門師姐，你看這事要怎麼了結？」

江輕霞道：「以前有過先例嗎？」

冬卿道：「沒有，但我看門規裡有記載，擅闖峨眉者，斷腳筋。」

楚中石大驚道：「別啊，那還不如殺了我！」

江輕霞衝冬卿眨眨眼道：「還有別的懲罰辦法嗎？」

冬卿不明所以道：「沒……有了……」

其實江輕霞的意思很簡單，讓冬卿隨便說個其他的處理方式也就是了，她總不能當著這麼多弟子真把人腳筋割斷，再說今時不同往日，濫用私刑早就不合時宜了。可偏偏冬卿是個刻板認真的人，掌門照直了問，她就照直了說，沒有就是沒有嘛，難道騙掌門人？

韓敏見狀急忙打岔，問楚中石：「以後你還敢擅闖峨眉嗎？」

楚中石急忙搖頭：「不敢了！」

郭雀兒咯咯一笑道：「如果再來，不管是比拳腳還是比輕功都有人陪你，不過我怕你輸不起哦。」

楚中石臉色發白，拳腳輸給韓敏還沒什麼，但自己向來自傲的輕功輸給一個年輕女孩，他在心理上實在是過不去。他之所以敢夜探峨眉，就是懷著「就算打不過也一定跑得過」的心態，沒想到剛過山門就被發現了，那時要跑本來還來得及，結果硬是栽在了僥倖心理上。

說了半天，怎麼處置楚中石還是莫衷一是。

這時王小軍笑嘻嘻道：「師父，我看像這種鬼鬼祟祟的傢伙還是移交公安機關算了，怎麼處置就看警察叔叔判斷了，是按小偷處置呢，還是按色情狂法辦。」

江輕霞笑道：「我看這個辦法不錯。」

楚中石一聽，面露驚慌之色道：「不行，我不能在這裡留下案底！你們再換一個！」

行列中一個女孩氣不打一處來，越眾而出，指著楚中石的鼻子道：「你落在我們手裡還挑三揀四的，合著你私闖峨眉還有理了？要不要我們做個牌匾掛在你胸前，表彰你的功德呀？」

正是考試那天排在王小軍前面、不肯放他插隊的那位，這一批裡她年紀倒數第二小，算起來是王小軍的六師妹，在入門儀式上，王小軍得知她名叫唐睿。

王小軍走到楚中石面前道：「你為什麼不能在這留下案底？」

楚中石執拗道：「你們挑我腳筋我也認了，反正我不去警察局！」

王小軍無語，他自認為是在幫楚中石，這種沒皮沒臉的貨送到警察那裡，頂多訓斥一頓，無非再罰倆錢兒，無異於直接放了他，楚中石卻是死活不肯。他實在想不通楚中石為什麼那麼怕進警察局，而且表現出了無與倫比的堅決。

就在不可開交之時，唐思思忽然對江輕霞道：「輕霞姐，我要向你討個人情，我要託這個人一件事，如果他答應了。你就給我個面子放他下山，可以嗎？」

冬卿不高興道：「唐姑娘，這可是好大一個人情啊——」

吳姐道：「先聽聽客人怎麼說嘛，要是合理，就做個順水人情又何妨，反正你們也下不去狠手，不然拿這個人怎麼辦？」

冬卿這個冷面煞星本來是誰也不怕，卻唯獨不敢得罪吳姐，再有權有勢的人也知道要對給自己做飯的人好一點，這是常識。冬卿只是有點納悶，這麼短的時間內，唐思思是怎麼拉攏了這麼一個強援的。

江輕霞嬌笑道：「思思說了一句好複雜的話，姐姐有點反應不過來了呢。」

唐思思道：「說白了，就是我要他去幹一件事，他要答應，你就放了

他，他要是不答應，我就不管了。」

江輕霞道：「有意思，這件事我們能知道嗎？」

唐思思搖頭道：「暫時不行，不過我保證一定無損於峨眉。」

江輕霞看看韓敏又瞅瞅冬卿，兩人顯然都在等她決定，於是一笑道：「好，那我就送你一個人情。」

唐思思二話不說來到楚中石面前，示意他把耳朵湊過來，然後輕輕說了一句話，隨即道：「你跟他說，只要他肯這麼做，我就再給他一個機會，你辦得到嗎？」

楚中石不可置信道：「就這麼簡單？」

唐思思道：「就這麼簡單。」

楚中石信誓旦旦道：「廿四小時內一定辦到！」

唐思思道：「好，那你走吧。」

「那我可真走啦？」楚中石半信半疑地邁了一步，弟子們見掌門無所表示，便讓開了一步的距離。

江輕霞笑道：「兄台下次再上峨眉記得要在白天，而且要提前知會哦。」

楚中石如逢大赦，高聲叫道：「下次？這地方這輩子我再也不來了！」

說著就要溜之大吉。

「慢著。」王小軍擋住了他的去路。

「你又有什麼事？」楚中石納悶道，不明白他為什麼攔住他。

王小軍道：「我不是還欠你兩招掌法秘笈嗎？現在就給你把帳清了。」

楚中石意外道：「現在？你有畫好的圖紙嗎？」

「用不著，把你的手機拿出來。」

楚中石依言掏出手機，茫然道：「你到底想幹什麼？」

王小軍擺出一個姿勢，然後右掌緩緩與胸看齊平移，一邊道：「這一掌就是這麼從後往前推——你拍下來了嗎？」

「拍？」楚中石愣了。

王小軍無語道：「廢話！當然是要你拍下來，難道是讓你拿手機講電話？」

楚中石恍然，急忙道：「你再做一遍。」

王小軍又擺出了動作，楚中石按下連拍功能一頓狂拍，隨即道：「這就完了？沒有講解嗎？」

王小軍道：「鐵掌幫的掌法就是這麼簡單直接，總之圖上就是這麼畫的，我免費給你升級成三D版的。看好了，第二掌來了。」他又攏出一個新的姿勢，同樣跟著很簡單的手掌動作，隨即直起腰道：「完了，咱們兩清。」

楚中石調出照片翻看著，越看越不是滋味，咂咂嘴道：「就為了你這兩招，我硬是裝了兩天女人才把謝君君他爸送走啊——為什麼我有種花幾百萬買了幅孔子蹬自行車的畫的感覺？」

王小軍攤攤手。

楚中石道：「其他的二十八掌呢，你什麼時候給我？」

「那就要看你下次什麼時候能幫得上我了，咱們有言在先的，你幫一次忙，我結一次帳。」王小軍忽然小聲道：「唐思思的二哥唐傲就在峨眉山下，你幫我把他趕走，我再給你兩招掌法怎麼樣？」

「再見！」楚中石形同見鬼一般，飛奔著下山去了。

楚中石走後，嘴上不饒人的唐睿斜視著王小軍道：「你給他的兩招掌法都是假的吧？」

王小軍道：「當然不是，你覺得你師兄是那種說了不算的人嗎？」

唐睿不屑道：「這麼簡單的兩巴掌也算是武功秘笈嗎？」

王小軍樂呵呵道：「招式不看簡單複雜，管用就好，第一招要配合步伐打出，就算毫無根基的人也會憑空增加三分掌力，第二招看似要往敵人胸口打，其實往右肩上打效果更好——這些心得都是我自己琢磨出來的，原本的秘笈也沒有，所以我沒告訴他也不算違規。」

唐睿看來也是個小武癡，竟然模仿王小軍剛才的樣子都試了一下，展顏道：「好像有點道理呢。」

江輕霞和韓敏等人卻相顧駭然，王小軍這是在變相地傳授本派弟子鐵掌幫的功夫啊！

其實早在楚中石拍照的時候江輕霞就覺得不妥，想要遣散弟子，但王小軍動作快，她想下令時他已經說完了。

唐睿大概覺得很有意思，正要再問王小軍些問題，江輕霞喝道：「所有弟子回去休息！」

韓敏溫言道：「今夜大家表現都不錯，辛苦了。」

冬卿小聲嘀咕道：「這小子難道還想投桃報李？」她一邊說，一邊下意識地比劃剛才那兩掌，稍即微微一愣道：「鐵掌幫果然名不虛傳，簡簡單單兩掌在王小軍這種廢柴弟子手裡也有說道。」

江輕霞道：「他是王東來的親孫子，就算再廢，自然也有人加倍用心的教。」

眾弟子們一看距離練功時間不遠，紛紛就在附近活動。

王小軍他們三個圍坐成一圈，王小軍問唐思思道：「你剛才讓楚中石去做什麼了？」

唐思思道：「說了是秘密，自然就不能告訴你。」

這時江輕霞拍拍手道：「鳳凰臺的弟子隨我走吧。」

王小軍起身拍拍屁股道：「我跟我師父學功夫去了，老胡，你也別回你那老鷹窩了，就去我那歇會吧。」

江輕霞帶著一干弟子來到鳳凰臺，王小軍知道這些都是派中精英，其中有幾人論輩分更是江輕霞的師妹，他本想讓江輕霞抽空先教他幾招後面的纏絲手，不料江輕霞又率領弟子們坐在了空地上，聲音輕緩地指導眾人吐納。

王小軍頓時傻眼，開始在原地不安分地蹦躂起來——他穿的並不比昨天多。

江輕霞瞄了他一眼，頗為自傲道：「王小軍，我們峨眉派的內功和劍法都很有獨到之處，難道你就不想……」

「不想！」王小軍沒等她說完就哧溜一下蹦下了鳳凰臺，跑得老遠才道：「我去看看二師叔和三師叔她們。」

江輕霞愕然，竟不知該說什麼了。

·第五章·

速成法

江輕霞道：「第五式上相連的只有兩個穴道，練功的時候不易察覺，需要前四式特別純熟後慢慢浸透揣摩，這可是要水滴石穿的功夫的。」

王小軍急道：「不行呀，我哪有時間水滴石穿啊——師父，纏絲手有沒有速成法？」

王小軍下到孔雀臺，韓敏和冬卿也正帶著各自的弟子練習，沒誰是有空的樣子。

這時就聽唐睿的聲音道：「四師叔，我們什麼時候才能像你一樣飛呀？」原來是郭雀兒帶了幾個弟子在講解輕功入門技巧。

王小軍眼前一亮，急忙顛顛兒地跑過去，郭雀兒讓他學輕功他拒絕過，那是因為他一來對輕功沒什麼興趣，二來對郭雀兒沒信心，一個不到二十歲的小女生能有多高明的功夫？但他見識了她和楚中石的空中對決後，徹底改變了這個印象——以前楚中石在他心目中就是輕功天下第一啊！

面對唐睿的問題，郭雀兒道：「輕功的初級階段其實是練習身體的協調性，這些年有種很火的運動叫酷跑，大意上就和輕功差不多。」

王小軍聽了嘀咕道：「我以前一直覺得輕功是違背科學規律的東西，二三樓那麼高的地方說蹦就蹦，你讓地心引力情何以堪啊？」

弟子們紛紛掩口而笑，他這句話其實是代表了很多人的心聲。

郭雀兒不以為忤，認真道：「那麼螞蚱、跳蚤、青蛙都是那麼小一點的東西，可是一蹦一米多高，換算在人身上，相當於跳上了幾十層高的大樓，你覺得這違背科學規律嗎？」

王小軍道：「可人又不是那些東西。」

郭雀兒回道：「所以才要學習嘛，人本來是不會游泳的，透過學習，有的人可以橫渡江海，道理是一樣的。總之，輕功是一門普通又特殊的功夫，它可能沒傳說中的那麼神奇，但絕對不簡單，它也可能是現代社會中你所能用到的最實用的武術之一。」

接下來郭雀兒開始講一些基本的注意事項和入門的技巧，王小軍難得地很認真地聽著。

郭雀兒道：「我再強調一遍，在沒有內功配合的情況下，身體協調性的好壞對初學者就顯得尤為重要，吶，前面是一堵矮牆，大家這就根據我剛才講的技巧去越過它。」

說是矮牆，其實也有一米六七，對根基不太深厚的女孩們來說是很有難度的，郭雀兒一聲令下，弟子們排成一隊挨個攀爬過去，郭雀兒剛才只講了技巧，卻沒說具體的方法，於是女孩們八仙過海各顯神通，有的用單手抓在牆邊，另一隻手托住牆體攀爬，有的雙手一起勾住牆頭，兩腿來回晃蕩。

王小軍背著手站在後面觀看，郭雀兒納悶道：「你怎麼不去？」

「呃，沒啥意思，我聽聽理論就好了。」其實王小軍是沒戴手套怕把牆

爬壞。他打岔道，「四叔，咱們峨眉和青城派到底有什麼過不去的仇啊？」

郭雀兒幽幽道：「這說起來話就長了，我入派之時，我們就和青城勢同水火，往很久以前說，蜀地算是山高皇帝遠，青城派在本地比官府勢力還大，後來峨眉崛起，青城派霸道慣了，照例要來指手畫腳，兩派自此生了嫌隙，再以後矛盾漸漸升級，時有血鬥，兩派掌門也是見了就打，其實要說有什麼仇還真談不上，無非是一群男人見不得由女人建立的門派和他們平起平坐而已。再往後，政府對地方的控制越來越緊，江湖械鬥雖然沒被徹底杜絕，但多少有制衡作用，流血事件基本沒有了，青城派又搞出很多新花樣來擠兌我們峨眉，說什麼峨眉派是衍生於他們青城派，又說我們的武功都是偷學他們的，甚至連白娘子到底是在峨眉山修行還是青城山修行也要爭。」

王小軍嗤道：「這有什麼好爭的，歌裡不是都唱了嗎——」說著他哼哼道：「青城山下白素貞，洞中千年修此身，啊啊啊，啊啊啊……呃，四叔你接著說。」

郭雀兒道：「歌裡唱的雖然是青城，但白素貞確然是在峨眉山上修行的，再說歌裡也說了，是青城山『下』，說明就算不在峨眉山，也肯定不在青城山呀。」

王小軍無語道：「四叔，這事兒咱不提了，要這麼說起來五行山最虧，本來鐵定能成一個著名旅遊景點，但在傳說裡卻被一隻猴子給搞壞了。」

郭雀兒又道：「到了現代，青城派開始從商業上打壓我們，原本兩派幫產差不多，可是峨眉前幾任掌門不懂經營，師父執掌峨眉的時候，峨眉派幾乎面臨馬上要關門大吉的地步，是掌門師姐硬生生一步一步熬過來，又結合了現代管理方法使峨眉壯大，沒有她和二師姐，也就沒有現在的峨眉，只可惜我們在商業上先天不足，後天又落後很多，所以處處受青城派的欺負。」

王小軍道：「這一點我已經見識了。」

他心中也不由感慨，這兩派從古鬥到今，從比武到商戰，簡直就是一部千年鬥爭史，他忍不住道：「你們兩家難道從來沒試過和解嗎？」

郭雀兒憤憤道：「以前不可能，以後更不可能——師父就是因為在青城派步步緊逼下氣死的，而且你知道嗎，那個青城掌門余巴川號稱要建立一個『蜀中武林聯盟』，他多次假惺惺地邀請我們加入聯盟，只要我們一同意，那就相當於承認了他武林盟主的身分，假以時日，世人再不知道峨眉派，那豈不是等於我們被滅派了？」

王小軍道：「原來余巴川是想當武林盟主啊，全國的暫時當不上，就先

弄個四川的當當，一點新意也沒有。」

郭雀兒繼續道：「四川武術門派林立，但最有名的無非就是峨眉青城和唐門這三家，所以唐門的立場就顯得很重要，這麼多年來，唐家一直保持中立，誰的面子也不賣，但同時又誰也不得罪，唐思思一離家出走，唐門馬上發帖子到峨眉，怕的就是我們趁機收了唐思思入門，顯得唐門跟峨眉走得更近了似的，哼，唐門還是小瞧了我們峨眉派，掌門師姐也不是那樣的人。」

王小軍慨然道：「我以為武林是傳奇和奇蹟誕生的地方，沒想到更多的是勾心鬥角和陰謀暗算啊。」

「可是不嘛。」郭雀兒也跟著感慨了聲，隨即道：「誒，你不是跟我學輕功嗎？怎麼還愣著？」

「我就是打聽一下八卦——四叔再見！」王小軍撒腿就跑，又上了鳳凰臺，他估摸著江輕霞那邊差不多該散場了。

到了鳳凰臺，眼前的一幕讓王小軍大吃一驚：只見十幾個女弟子兩人一對，分成五六組，正在相互以劍拼鬥！

這兩天王小軍身在峨眉，對弟子們的長劍也習以為常，但他沒想到相互之間切磋也能如此激烈，要不是看江輕霞面色如常地看著，王小軍甚至以為這裡起了變故。

江輕霞站在一塊突出懸崖的石頭上，神情平和而專注，不時出聲指點某位弟子劍招裡的破綻，難得的是她一個人看顧這十幾個人，居然誰有紕漏也逃不過她的眼睛。

「師父……」王小軍身體挨著懸崖邊，一步一步小心地挪到江輕霞下方，顫顫巍巍地叫了一聲。

江輕霞見他謹小慎微的樣子，不禁自得道：「看到了吧，我們峨眉派的劍法可不是廣場上大嬸們練的體操，你是不是有點震撼呢？」

「不是……我怕聲音大了你會掉下去！」

聽了王小軍的話，江輕霞差點沒真的掉下去。

江輕霞沒好氣地問王小軍：「你又來幹什麼？我教你的起手式你練通了嗎？」

王小軍道：「練通了。」

「什麼？」江輕霞又差點掉下去。

「呃，師父，你還是下來說話吧。」王小軍擔心地道。

江輕霞揮手示意弟子們今日練習完畢，等人都走了，她拽住王小軍問：「你沒騙我？我教你的起手式，你真的一天就練通了？」

王小軍道：「我騙你有什麼用，再說一個起手式而已，我白天練，做夢都練，練通了不是很正常嗎？」

江輕霞問：「練通之後有什麼感覺？」

王小軍道：「跟練習過程中一樣，那幾個穴道都在一條直線上發熱，就像都移動了位置似的。」

江輕霞倒吸了一口冷氣。

她之所以這麼問，是為了試探王小軍說的是真是假，結果跟她當年練通後的情景是一模一樣的，這說明王小軍真的一天就達到了她當初苦練五個月的效果。

五個月啊——她至今還清楚得記得師父還因此誇她天分過人，五個月就天分過人，那王小軍這算什麼?!

「師父？」江輕霞被王小軍從震驚中喚醒，努力裝作平淡的樣子道：「你是想要繼續往下學嗎？」

「是的。」

「好──」江輕霞道，「起手式是以肩髎穴開始，以陽池穴為結束，順時針地鑽出；第二式是以手掌合谷為始，經過小臂外關、上臂清冷淵，到肩後穴為終，以逆時針鑽出。」

江輕霞仍是一邊解說，一邊在王小軍手臂上指點著，這次的四個穴位彼此相距更遠，而且逆時針旋轉更難掌握，因為平時人們日常活動中大多是順時針動作，逆時針就會生澀很多。

這一次王小軍也是用了大半個小時才確定了穴位所在，又用了小半個小時把招式學了個八九不離十，中間問的問題亦是幼幼班等級的，他越是這樣，江輕霞就越是崩潰：為什麼根基如此差的人居然一天就能練通起手式？

複習了許多遍，王小軍終於大致掌握了纏絲手的第二式，江輕霞有心考驗他的悟性，道：「我索性再多教你幾招吧，省得你天天來問。」

不想王小軍使勁擺手道：「不學了，有這一招就夠了。」

江輕霞納悶道：「為什麼？」

「我怕學得太多會弄混。」

王小軍蹦蹦跳跳地往餐廳去了，江輕霞看著他的背影逐漸遠去，鬱悶得無可自拔。

王小軍一進餐廳，這裡就瞬間為之一靜，所有弟子都抬頭看著他，一邊無奈地把自己的早點亮出來，合著大家都知道他有搶早點的習慣了。

王小軍嘿嘿一笑，赧然道：「今天想喝點稀的……」

幾個弟子立時把面前的稀粥豆漿默默打包，遞到王小軍面前。

火速趕回自己的宿舍，胡泰來正在衛生間洗漱，王小軍跳腳道：「你怎麼還有時間洗臉呀，快開始練習吧！」

胡泰來點頭微笑，開始到外面練鑽手。

王小軍看出他有些疲乏和沮喪。他們到峨眉已經兩夜一天，王小軍也在馬不停蹄地趕進度，從今天開始，胡泰來的倒數計時只有七天了，而他卻連起手式都沒能練通，這套博大精深的纏絲手後面不知還有多少難關要攻克，這個鐵一般的漢子心頭壓力之沉重，難免有點猶疑了。

王小軍學著江輕霞的樣子爬上一塊懸崖突石，把裝豆漿的袋子咬開一個小口，豪邁地仰脖喝光，抹了抹嘴道：「知道麼老胡，我已經把纏絲手的起手式練通了，既然我能，你也一定能！」

果然，胡泰來眼睛一亮道：「真的？」

「當然是真的！」王小軍又從兜裡掏出一個芝麻燒餅咬了一口道：「你基礎比我紮實，腦子比我好使，我看最晚今天你也一定能行。」

胡泰來哈哈一笑道：「你帶的芝麻燒餅有我的份兒嗎？」

……

當唐思思出門時，就看見王小軍和胡泰來啃完早點，一個在門口，另一個在懸崖邊上的石頭上興致勃勃地練功。

「你打算在那上面待多久？」唐思思指著王小軍問。

「別管我，這上面練功不睏！」

下午當唐思思帶著飯回來的時候，王小軍和胡泰來看來似乎練得不太順利的樣子，兩個人連位置都沒變，表情沉重，胡泰來的右臂本就受過傷又中了毒，經過一上午不輟的強練已經快抬不起來了。

三個人默默地吃著飯，王小軍抬頭道：「老胡，你可不能放棄啊。」

胡泰來強笑：「不會的。」

唐思思嘟囔道：「我就不明白，王小軍這種人都學得會，老胡你怎麼連他都不如？」

胡泰來認真道：「話可不是這麼說，小軍已經今非昔比，我出一招的工夫，他能出十招甚至更多。」

唐思思脫口而出道：「那他一天練會的東西，你十天也該練會了。」剛一說完，她就意識到自己說錯話了，胡泰來可沒有十天的時間了。

王小軍擺擺手道：「我看這跟速度沒多大關係，得道有早晚，有時候是靠運氣的，據我琢磨，纏絲手的奧秘就在於讓胳膊裡不同位置的穴道在某一刻集中在一條直線上，這就需要它們各自產生一個瞬間位移！」

唐思思和胡泰來面面相覷，唐思思道：「瞬間位移？」

胡泰來皺眉道：「你說的有科學依據嗎？」

沒等王小軍說話，唐思思就道：「老胡！王小軍說的話什麼時候有過依據？更別說科學了，從一天九萬掌，到他的胳膊神經末梢壞死，現在又搞出個瞬間位移，你只要讓他繼續在武林裡混，各門各派的武功絕學遲早都得讓他用偽科學搞歪了！」

王小軍也不生氣，撿了根樹枝在地上畫了一條疑似胳膊的長條物體，然後邊指邊道：「你們看，纏絲手起手式的幾個穴道分別在這、這和這，所謂『纏』，就是要轉，為什麼要轉呢？」

胡泰來和唐思思一起問：「對啊，為什麼要轉呢？」

王小軍道：「就是為了讓它們產生瞬間位移，然後處在一條線上嘛。」

唐思思和胡泰來瞬間昏倒！

唐思思攤手道：「那我問你，你琢磨出這些對老胡練習有什麼用呢？」

「呃……」王小軍頓時洩氣道：「沒什麼用，我就是給他解釋一下原理。」

唐思思把飯盒一擺道：「來，我跟你們一起練！」

另兩人好奇道：「練什麼？」

唐思思道：「我跟吳姐學了一套增強腕力的拳法。」

王小軍道：「那你好好練吧，像這種做飯的呀、掃地的，通常都是隱藏的絕頂高手，說不定全峨眉吳姐才是男伯腕（NO.1）！」

「你武俠小說看多了吧？」

唐思思瞪了王小軍一眼，跟胡泰來並排站在一起，開始一板一眼地練習。她學的這套拳法看上去平平無奇，不過有很多抖手甩腕的動作，總體上中正平庸，就跟讓胖子多散步一樣，說不上到底能不能減肥，但總歸會有點幫助。

練了不到一個小時，胡泰來的胳膊終於再也抬不起來了，唐思思急忙幫

他揉捏各個穴道，同時擔憂地回頭看了王小軍一眼。

王小軍只能插科打諢道：「看看，唐門大小姐都替你按摩了，我怎麼沒這待遇？」

「廢話，你的胳膊有感覺嗎？」

沒想到王小軍聽完這句話就是一愣，忽然飛快地在四下搜索起來，找到一棵死去多年的枯樹，手起掌落把它打斷。

唐思思不知王小軍這是怎麼了，小心道：「我說的是實話而已，你不用氣成這個樣子吧？」

王小軍不理她，拖著那棵死樹來到胡泰來近前，大略地量了一下他的胳膊，隨即把死樹截出差不多長的一截來。

胡泰來忍不住道：「小軍，你到底想幹什麼？」

王小軍這才道：「我有點明白了，我之所以能快速練成起手式，跟我胳膊沒有知覺也是有關係的，就因為知覺麻木所以遲鈍，因為遲鈍，所以我手臂表面的運動要比正常人慢半拍，這樣一來，胳膊裡面的穴道反而顯得靈敏了。」

他一邊說，一邊用手掌把那截木頭的樹皮扒掉，然後開始用手指挖空木頭。

唐思思道：「你現在說的和你做的有什麼關係嗎？」

王小軍道：「我要做一個輔助器材幫助老胡練習——我有主意了，我做一個圓筒讓老胡往裡鑽，這個圓筒能有效地抑制老胡胳膊上的肌肉，以達到催化他穴道快速產生瞬間位移的作用。」

他手掌雖然堅硬，不過畢竟是血肉之軀，這會兒挖木頭挖得手指血淋淋的，不過好在他也不知道疼，那截木頭不一會兒工夫就被他挖成一個樹筒。

唐思思扶額道：「你這……」

王小軍搶先道：「別問我有沒有科學根據，但是不試試怎麼知道呢？說句不好聽的話，死馬當活馬醫唄。」

接著，王小軍用一條被單把樹筒裡裡外外都包裹起來，他抓住樹筒對準胡泰來道：「來，老胡，你就往這裡鑽，要使勁，記住起手式那幾個穴道，儘量利用樹筒讓它們被擠在一條線上。」

胡泰來倒吸了口氣，也不知究竟有沒有用，只好硬著頭皮，把胳膊鑽進了樹筒裡。難為那個樹筒的大小深淺跟他的胳膊嚴絲合縫。

又鑽了十幾下，王小軍不住後退，因為他雙手抱著樹筒姿勢不得勁，最後他觀察了一下四周，索性在自己房門上搗出一個圓形的洞，把樹筒安了上去，這樣一來，胡泰來只要站在門前練習就一點問題也沒有了。只不過王小軍的門上多了一個碩大的貓眼而已。

下午唐思思去餐廳幫忙，晚上回來的時候胡泰來還在練習。當她用眼神詢問王小軍近況時，王小軍只是回了她一個勉強的笑。

奇蹟沒有出現，王小軍知道他們練功的方法一定是哪裡出了問題，或許最大的問題就是——纏絲手並不是一門可以速成的功夫，想要在幾天之內練會它，根本就是違背常理的。

這一練就是四天，這四天裡，王小軍沒有再上鳳凰臺，也沒有再練纏絲手的第二式，胡泰來在起手式上就遇到了難以攻克的難關，他得幫助胡泰來先度過這一關再說。

每天早上都是王小軍抱著樹筒去找胡泰來，他始終相信樹筒能起一點用，起碼它能緩解胡泰來中毒手臂空鑽的痛苦。

胡泰來也習慣了王小軍督促他練功，這種學霸被學渣強拽著去圖書館學習的體驗很特別，以前都是胡泰來敲王小軍的門逼他練功，如今卻反過來了。

日上三竿的時候，胡泰來照例又鑽完了八百多下，對於一個中毒受傷的人來說，這成績已經很逆天了。

小憩了片刻，王小軍又跳起來道：「來，老胡，繼續！」

胡泰來忽然擺擺手道：「小軍，我不想練了。」

王小軍吃驚道：「為什麼？」

胡泰來道：「我想通了，就是一條胳膊而已，不用強求了。」

「你……這是要放棄嗎？」王小軍聲音異樣道。

胡泰來嘆了口氣道：「峨眉派收的都是天資很高的人，她們之中多的是四五年才練成纏絲手的，那憑什麼我能在十天之內練成呢？一個星期過去了，我連起手式都沒練會還說明不了問題嗎？」

王小軍怒道：「我沒想到你是這樣想，老胡，沒到最後一刻你怎麼就輕言放棄了呢？你以前可不是這樣的人啊！」

胡泰來依舊微笑道：「小軍，盡人事知天命，該做的努力咱們都做了，我問心無愧。結果已經很明顯了，與其死乞白賴地強求逆轉，還不如有尊嚴地放手。奇蹟就因難能可貴才被稱為奇蹟，不會由於你拼命就輕易

實現的。」

王小軍聽罷一愣，低著頭沉默了一會兒才緩緩道：「老胡，天下事不能這樣看的，如果你覺得一般規律就是真理，那人類就不會發展到今天，足球運動員在比分落後的情況下可以直接認輸嗎？你知道又有多少場籃球比賽是靠最後一秒取勝的呢？如果大家都像你這麼思考問題，世界該多麼乏味你知道嗎？」

「呃……」胡泰來不知道王小軍什麼時候變得這麼口若懸河了。

「老胡，咱們就再堅持三天，就當你給這世界一個機會——」王小軍飽含深情道：「也是給自己一個機會，好嗎？」

「……好。」

王小軍這才關上手機裡那篇叫《給自己一個機會、給世界一個機會》的雞湯文，說道：「那咱們繼續！」

從那以後直到深夜，胡泰來沒有再叫半聲苦，說實話，這倒不是因為他被王小軍幾句話就說得重燃信心，而是因為另一句話：士為知己者死。胡泰來很清楚這些天來王小軍比自己要辛苦，如果說自己付出了十分的努力，那麼王小軍付出的更在他之上。

說句不好聽的，胡泰來是開始了自殺性的練習，在他心想，這條胳膊是保不住了，所以他再沒有任何顧慮，甚至暗暗希望下一招之後右臂乾脆齊根斷掉算了。

終於，老胡在又一招鑽出去之後，手臂像觸電一樣縮了回來。

「你怎麼了？」王小軍忙問他。

胡泰來滿臉茫然地問王小軍：「起手式練通了之後，那幾個穴道是不是會一起發熱？」

「對啊……」王小軍一愣之下，猛然狂喜道：「老胡你成功啦？」

胡泰來熱淚盈眶道：「好像是的！」經過五天瘋狂的練習，他終於趕上了王小軍的進度。

王小軍在原地又蹦又跳，歇斯底里地叫喊著，隨即他馬上逼自己恢復冷靜道：「現在還不是慶祝的時候，咱們馬上開始第二式！」

「好！」胡泰來揉著右臂也跟著喊了一聲，可以說，直到此刻，他的鬥志才終於被點燃了！

雖然他和王小軍都明白起手式練通了並不意味著什麼，甚至連十分之一的成功都算不上，但至少兩人都看到了希望！

「壞了！」王小軍冷不丁沮喪地跺了下腳，「纏絲手的第二式我這些天沒怎麼練，幾乎都快忘了，現在只能咱倆一起琢磨著繼續了。」

胡泰來一笑道：「無所謂，兩個人加起來總比一個人強吧。」

「看你膨脹的那個樣子！」王小軍取笑道：「聽好了啊，第二式所有一切都是跟起手式反著來的，起手式是以上臂的穴道開始順時針旋轉，第二式是以手掌的合谷穴開始，逆時針旋轉……」

王小軍一邊解說，一邊指點著那些穴道。胡泰來到底根基比王小軍強得多，只聽了兩遍就明白了意思，不禁道：「這套武功看似普通，其實大開大闔，尤其是上下銜接更是出人意料，這第二式可比起手式又難多了。」

「萬事開頭難，哪有中間也難，結尾也難的道理?!」王小軍寬解道：「既然最難的咱們都挺過來了，剩下的也難不倒咱們。」

胡泰來笑道：「你不用安慰我了，這次不到最後一秒我不會再放棄了。」

兩人並排而站，互相較著勁一起開練，餓了就吃一口，睏了就躺一會兒，有時候覺得要崩潰了，就衝著大山喊兩嗓子，好在在這崇山峻嶺裡無論出什麼怪樣也沒人看見。

王小軍從前夜一直練到凌晨，忽覺掌心一癢，就像有條細細的線蟲鑽進了手臂一樣，他下意識地收回手掌查看，卻發現並無異常，緊接著由合谷穴為始，以肩後穴為終的四個穴道同時一熱，王小軍知道纏絲手的第二式八成也練通了。

他看了看表，時間又是凌晨三點多鐘，王小軍對胡泰來道：「老胡你先練著，我得找江輕霞去了。」

胡泰來怔了一下道：「第二式你也練通了？」

王小軍點點頭，不再多說飛奔下山。

王小軍一路奔跑，只覺右臂從肩髃穴到陽池穴連成一條線隱隱發熱，而剛練通的合谷穴到肩後穴也是一樣，九個穴道組成的兩條經脈在胳膊裡遙相呼應，就像兩條蛇一樣奔竄扭動，此進彼退，此消彼長。

兩條經脈如同有靈性似的在試探著和對方產生互動，這種又疼又癢的感覺並不好受，但王小軍毫不在意。對身體而言，最壞的感覺就是沒有知覺，相比起來，此刻這種麻癢反而是莫大的慰藉。好比一個啞了幾十年的人忽然開口說話，哪怕第一句說的是句髒話也如聞天籟一樣。

還沒到孔雀臺，王小軍又覺右臂兩條經脈之間似乎也恢復了一些知覺，然後有一股熱力直通向小腹，王小軍腳步不禁一滯，他平舉右臂觀察著，沒發現任何異常，但他有種感覺——那股熱力就如同他的胳膊一樣歸他指揮，他試著讓它們全部歸於小腹，又催動它們重新回到手掌，竟然無往不利。

為了驗證這股熱力的效用，王小軍特意把它們全部運到小臂和手掌之間，對準一棵一人多粗的山松就是一掌，那樹被打得震顫不止，松針像下雨一樣落了滿地，他再試著把熱力全部收回到小腹，再次出掌，手掌和樹幹相撞卻只傳來陣陣疼痛！

直到此刻王小軍終於確定：這股熱力應該就是傳說中的內力！

但是他還搞不清他的內力是哪來的，纏絲手的作用看來就是部分恢復了他胳膊上的感知、幫他修通了手臂與小腹的橋梁，而丹田裡那股內力顯然是從胳膊上過去的。

王小軍一口氣跑上了鳳凰臺。此刻，江輕霞正在帶領弟子們打坐。

「……出氣沖，過關元、經通谷幽門，至於紫宮華蓋……」

江輕霞語氣輕緩，雙目微閉，她的兩隻手平端，隨著話音慢慢上移，眾弟子也都正襟而坐，手臂同幅度地上升。

若在平時，王小軍必定扭頭就走，今天卻有些異樣，江輕霞說的那些穴位他幾乎一個也不知道，但他看出那些弟子們的手就是指引，他不自覺地跟著她們的節奏，把小腹的內力緩緩引向胸腹，繼而向上呼出一口雜氣，就覺四肢百骸說不出的舒服，他索性坐下來死盯著江輕霞的手臂，慢慢地跟著她的節奏又把內力重新歸於丹田。

這樣周而復始十幾次，王小軍終於克服了他在鳳凰臺上最嚴重的一個問題——他沒那麼怕冷了。

江輕霞對於王小軍忽然冒出來這種事已經是見慣不驚，這四天王小軍沒有出現，她大致猜出問題出在胡泰來身上，並不是每個人都能那麼幸運一天就練通起手式的，她見王小軍裝模作樣地坐在那裡跟著自己打坐不禁好笑。江輕霞忍不住道：「王小軍，這裡的弟子，最少的都經過三年的修行才有內力可以練習吐納功夫，你坐在那裡幹什麼？」

王小軍聽到這句話終於確定了一點：他的內力不是學纏絲手得來的，那麼就只剩下一個解釋——那就是練鐵掌而來。

王小軍並不笨，他很快就推斷出了自己目前的處境：江輕霞指引弟子們吐納，她們修行的是峨眉派的內力，而自己的內力雖然是鐵掌幫的，不過依照峨眉派的吐納方法也有效；就好比遛狗，方法都是一樣的，區別的只是別

人遛的是藏獒，自己遛的是吉娃娃，僅此而已。

於是王小軍認真地回答江輕霞道：「師父，我在學遛狗。」

對於王小軍的回答，江輕霞自然也不會上心，任何人只要和王小軍相處超過二十分鐘，就會知道他有胡說八道的習慣。

吐納調息完畢，弟子們又開始練劍，王小軍上鳳凰臺幾次，弟子們練的劍各不相同，有時是跟著江輕霞慢舞，有時候是彼此拼鬥，這次仍舊是練的慢劍，十幾個姑娘手持長劍，在鳳凰臺上飄然舞動。

王小軍這時內息順暢，再看她們時，也就能隱隱地感覺到她們劍隨意轉，剛剛調息過的內力運於劍上，這些人組成的劍陣便有了一層氤氳之色。

江輕霞帶著弟子們練了四十分鐘這才散學，她將長劍歸鞘，道：「王小軍，纏絲手第二式你也練通了？」

王小軍點頭：「嗯。」

江輕霞又無語道：「所以你來找我，是打算學後面的了？」

「嗯。」

「好。」江輕霞也不廢話，開門見山道：「纏絲手初成的標誌就是練通胳膊裡的五條經脈，起手式和第二式就是其中的兩條，後面三式又代表了三條經脈，需要特別指出的是：第三式和第四式都不難練，唯獨第五式需要時間的堆積才能練成。」

王小軍道：「為什麼？」

江輕霞道：「因為第五式上相連的只有兩個穴道，而且這兩個穴道相對來講沒那麼敏感，練功的時候不易察覺，需要前四式特別純熟後慢慢浸透揣摩，這可是要水滴石穿的功夫的。」

王小軍急道：「不行呀，我哪有時間水滴石穿啊——師父，纏絲手有沒有速成法？」

·第六章·

纏字訣

從第三式開始，最重要的就是穴道與穴道之間的碰撞和摩擦，所以王小軍要充分發揮「纏」的訣竅攀住他，同時撞擊所需按摩的穴道，跟一個男人做著這樣的舉動，王小軍這時候巴不得自己的胳膊還是沒知覺算了……

江輕霞沒好氣道：「你也是遇上我這樣的師父，在別的門派，你這樣說非挨揍不可，世上哪有那麼多速成法？」

王小軍神色一變道：「可是我只有三天時間了！」

江輕霞側頭想了想道：「對了，起手式和第二式如果你練成了的話，有個法子倒是可以試一試，只是……」

「只是什麼？」王小軍不解。

江輕霞瞟了王小軍一眼，隨即輕笑一聲道：「沒什麼，你算碰上好時機了，要是以前你想都別想。」

江輕霞不等王小軍再問，開始講解纏絲手後面的幾式練法。說起來其實一點也不神秘，只不過是不同的穴道繼續通過鑽手使它們練成一線，而且依舊是一條順時針一條逆時針，唯一讓王小軍詫異的是，他第一次知道胳膊上居然有幾十個穴道之多。

江輕霞講完了第三式和第四式的練法，最後一式卻只是簡單地指點了要練的穴道，她給王小軍演示了幾遍後說：「下面你自己練吧。」

「哦好。」王小軍出手的同時，江輕霞也出手了！

纏絲手的第三式是從腰上穴到液門順時針旋轉，招式看起來跟前兩式一樣，箇中差異只能自己體會，所以王小軍打得很慢，他沒想對面的江輕霞也是一招鑽出，兩個人的手臂在半空中相交，隨即江輕霞的胳膊便像條蛇一樣纏了上來，王小軍一愣，竟不知道該怎麼辦了。

「別想別的，就當我不存在！」江輕霞喝了一聲。

王小軍接著第二下鑽出，江輕霞仍然是跟隨著他的速度出手，兩條胳膊又交纏在了一起。

說實話，王小軍在第一下的時候就走神了，能不走神嗎——江輕霞的手臂修長、雪白、柔軟，溫柔地攀附到自己的胳膊上，王小軍除了有些心旌神馳之外，更唯恐傷了江輕霞，於是強自收斂內力，於是這兩下就顯得畏畏縮縮。

江輕霞再次喝道：「別怕，你傷不了我！」

王小軍這才放下心，但依舊不敢使力，他不明白江輕霞這樣做的目的是什麼，但時間緊迫，也由不得他多想，第四下第五下他仍按照纏絲手第三式的要旨練習。

「啪啪」兩下，江輕霞應時應景地在王小軍的手臂上纏了兩下，王小軍只覺腰上穴一熱，卻是被江輕霞的手背撩了一下的結果，他瞬間恍然：江輕

霞這是以纏絲手對纏絲手在給他的穴道進行按摩，以達到輔助的功效。

王小軍心裡感動，也慢慢回味過來江輕霞剛才那句話——如果是以前，這種事真是想都別想！在古代，這算很嚴重的肌膚之親，女師父絕不可能給男弟子做這樣的輔助練習，也難怪峨眉從不收男弟子。也是趕上這個時代，加上江輕霞不是什麼嚴守教條的人，否則還是沒戲。

想到這，王小軍全力克制住胡思亂想，專心按照第三式的穴道連點練習，江輕霞每一招都不一樣，但每一招都恰到好處地給王小軍做出指引，不多時，王小軍就覺腰上穴到液門穴這一條經脈一熱，同時一股內力馬上從右臂流向丹田，除此之外，手臂整個表面也終於有一點知覺了！

江輕霞見王小軍神色有異，又感覺在和他接觸時他的脈絡震顫發生了變化，忽然明白他這是第三式也練通了，不禁多看了王小軍一眼。

透過這段時間的接觸，江輕霞看出王小軍悟性一般，可他偏偏能做到普通人做不到的事情，這個男人身上有股狠勁和偏執，別人完全專注時也只能做到十分精力十分投入，可他好像還能從奇怪的地方多拉來幾分精力，更能持久專注，這或許也是一種天分？

江輕霞驚道：「練得不慢呀，王少俠！」

「是師父教得好！」

王小軍難得沒有信口開河，是因為他忽然覺得有些發慌，他面前是武林中出名的美人，此刻正把袖子捲在香肩上，用潔白的手臂和他發生著別樣的耳鬢廝磨，更要命的是：他的手臂才剛恢復知覺就享受這樣的待遇，正所謂鐵樹開花，枯木逢春，王小軍自認還算磊落，這時也有點心猿意馬，他生怕對方看出端倪，手臂便開始下意識地躲閃著。

「王小軍！」江輕霞提高聲音道。

「啊？」王小軍嚇了一跳，接著面紅耳赤，以為被人看破了心思。

江輕霞語氣暗含挑釁道：「有沒有信心接著練通第四式？如果成功，那你就是峨眉派歷史上第一個一天之內練通兩招纏絲手的人！」

「呃，不用了。」王小軍收手遠遠地跳了出去。

「怎麼了？」

王小軍不好意思道：「第四式……好像也練通了。」

說著話，他就覺右臂咻地一熱，久違的觸感慢慢向手指湧去。纏絲手旨在可以隨意改變手臂的經脈和穴道，王小軍現在四條經脈練通，把整條胳膊都盤活了。

江輕霞不知是該欣慰還是失落，呵呵笑道：「那索性再破個記錄，把第五式也練完了吧！」

「第五式我去和老胡練——謝謝師父！」王小軍衝江輕霞敬了個禮，然後逃跑一樣跳下了鳳凰臺，轉眼就沒影了。

江輕霞放下袖子，玩味地看著王小軍的背影喃喃道：「拒絕我這樣的大美女去和一個男人練功，難道他是個GAY？」

王小軍見到胡泰來的第一句話就是：「老胡，我學了一套可以幫你速成纏絲手的功法，但是一會兒開始後，你不許問任何問題，練會了以後也不許跟別人提起這事！」

胡泰來被他鄭重其事的樣子弄得也神經過敏起來，小心翼翼地問了句：「難道這套功法練起來很難以啟齒嗎？」

王小軍斷然道：「跟別人不是！跟你是！」

看王小軍這麼激動，胡泰來不敢多問，最終道：「你說怎麼練就怎麼練吧。」

王小軍琢磨了片刻，忽然跑進屋裡東翻西找起來。

「你找什麼呢？」面對王小軍的花樣百出，想讓人不問問題還真是很困難。

王小軍拿了一枝原子筆出來道：「我先問你，你的第二式練會了嗎？」

「還沒有。」

「哦。」王小軍沉思了一會兒道：「那也只有勉強試試了，據江輕霞說，這套速成的功法只有在第二式完成後才更有效，不過我們沒時間等了——把你胳膊給我。」

胡泰來把胳膊伸了過去，王小軍便用筆在他手掌的某個部位上標注出：合谷，隨即又把胡泰來的胳膊翻轉過來，分別寫上「外關」「清冷淵」，最後在肩膀附近的位置寫了「肩後」……

胡泰來終於忍不住道：「是不是可以問一下？」

王小軍道：「這有什麼可問的，我就是標記一下，怕把穴道弄混了——我沒寫錯吧？」

「清冷淵還得往左二公分左右……」

王小軍用指頭蘸了點口水把那幾個字擦掉，然後按照胡泰來說的重新寫上，他把筆往口袋裡一插道：「好了，現在我們開始，你該怎麼練還照舊，

我做什麼你也別管。」

「好。」胡泰來擺開架勢，以逆時針手勢鑽出，王小軍目光灼灼地盯著老胡，在他出手之後馬上也把自己的手臂鑽了過去，他早就瞄準那幾個字的部位，雖然第一次陪練比較生疏，不過終究八九不離十地用手掌拍中了其中的兩個穴位。

胡泰來根基比他深，眼光也更高明，幾下之後就明白王小軍是在用領跑的方式幫他，兩個人從早上練到中午，王小軍看看時間道：「你先自己練著，我去接思思。」

王小軍他們這幾天都是在胡泰來的屋前練習，唐思思想要爬上那面絕壁就得有人接應。

王小軍想過這個問題，江輕霞把胡泰來安排在山頂一般人到不了的地方，原來是有她的用意的，就是為了避免王小軍作為峨眉弟子傳功給外人被本派人看到；也意味想學峨眉的武功，就得吃點苦遭點罪。

到了絕壁前，唐思思已經帶著飯到了，王小軍探著身子伸出手：「來，我拉你。」

唐思思皺眉道：「你沒睡醒吧？」以往王小軍都是用繩子把她拽上去

的，他的手沒有知覺，唐思思可不想被捏成一堆骨頭渣。

王小軍依舊伸著手微笑道：「我你還信不過嗎？」

唐思思頓了一下，驚訝道：「你的手恢復知覺了？」

王小軍點點頭。

唐思思二話不說把手放在王小軍的手上，後者輕輕一提便把她拉了上來，隨即道：「好軟的手啊。」

唐思思拿出根筷子在他頭上敲了一下，這時就聽胡泰來遠遠地叫了一聲！王小軍莫名驚詫道：「難道是有人吃醋了？」

「還玩？快走！」唐思思拔腿就走。

兩個人跑到屋前，只見胡泰來抱著右臂正在興奮不已，對倆人大聲道：

「我的第二式也練通了！」

唐思思笑道：「大驚小怪，我還以為你遇上狼了呢！」話雖這麼說，三個人其實情緒高漲，這時可以說又向成功邁出了一大步。

「快吃飯！」王小軍右手穩穩地拿著筷子，左手去端湯，不料喀嚓一聲把瓷盆給捏碎了，熱湯灑了他一手他也毫無知覺。

唐思思詫異道：「小軍，你左手……」

王小軍苦笑道：「左手還不行，我只練通了右手而已。」

唐思思道：「早知道你就全按照江輕霞的方法練習，畢竟她是掌門，學識肯定更高。」

王小軍緩緩搖頭，他心裡清楚這倒不能怪韓敏，這些天他只顧陪胡泰來按照江輕霞的法子練纏絲手，韓敏的經脈練法早就丟在了九霄雲外。

三人吃完飯，王小軍鬥志滿滿道：「老胡，接下來咱們就要正式開始了——」隨即臉色一變道：「但不許問問題！」

胡泰來無奈道：「我就問一個：你還得用筆在我胳膊上畫畫嗎？」

「這是一定要的。」王小軍又抓過胡泰來的胳膊，忽然犯了難，老胡的胳膊在練第二式的時候就被他畫得亂七八糟，這會兒再往上畫必定一塌糊塗，這套輔助功法講究認穴要準，王小軍問唐思思：「你帶口紅了嗎？」

「帶了。」唐思思從隨身的包裡拿出一支口紅遞了過來。

「這荒山野嶺的，你帶口紅畫給誰看啊？」王小軍挖苦了她一句，隨手拿起口紅在胡泰來胳膊上做起了標記，一邊給他講解第三式要練的穴道。

「開始！」王小軍大聲宣布。

胡泰來的樣子跟王小軍剛練第三式時一樣，也是小心翼翼慢慢出招，王小軍立刻探出手臂纏了上去，他眼力功夫都不如江輕霞，初次出手連一個穴道都沒纏中，喝道：「不要停，就當我不存在。」

「哦。」胡泰來繼續一板一眼地練習，王小軍亦步亦趨地配合著他，兩個人的手臂在空中不住碰觸交接。

第二式的時候，王小軍只是用手掌幫助胡泰來按摩穴道而已，從第三式開始，最重要的就是穴道與穴道之間的碰撞和摩擦，所以江輕霞的手臂是整個纏在王小軍胳膊上，此時也是一樣的道理，胡泰來只管直來直往地鑽手，王小軍就要充分發揮「纏」的訣竅攀住他，同時撞擊所需按摩的穴道，如此一來，兩個人就得時刻發生著緊密的接觸。

跟一個男人做著這樣的舉動，王小軍這時候巴不得自己的胳膊還是沒知覺算了……

唐思思饒有興趣地看兩人練習，王小軍以為她看一會兒沒趣就會離開，沒想到她竟然坐在臺階上目不轉睛地端詳起來。

王小軍無奈道：「你這個腐女（編按：源自日語，指喜愛男男戀的女性），看夠了沒有？」

唐思思托著腮笑呵呵道：「我在想——你和江輕霞也是這樣練的嗎？」

「不是！」王小軍大聲道，隨即小聲道：「她可沒往我胳膊上抹口紅。」

唐思思咯咯笑道：「你豔福不淺啊。武林四大美人之一的峨眉掌門手纏手教你私密武功，你對老胡好點也是應該的，要沒他，你可沒這福分。」

王小軍翻了個白眼道：「想不到你這麼心機！」

胡泰來道：「小軍，思思說的是真的嗎？」

「不是不讓你問嗎？」

胡泰來正色道：「如果真是這樣，那就是江輕霞和峨眉對我們的恩德，咱們怎生報答一下才好啊？」

「還怎麼報答？我把我這個人都送給峨眉了。」

胡泰來面有憂色道：「小軍，以後你怎麼打算？你貿然加入峨眉，這傳到江湖上，你爺爺和你父親搞不好會遷怒於江輕霞和峨眉弟子啊。」

唐思思也道：「你爺爺傳說裡就看起來脾氣不太好的樣子。」

王小軍無所謂道：「自己家是開餛飩麵攤的，難道就非得一輩子吃餛飩？我就去拉麵店打工怎麼了？」

唐思思道：「你是看人家拉麵店女老闆漂亮吧？」

王小軍嘿然道：「你還有心思說別人，你二哥還虎視眈眈地在山下等著你呢。」

果然，唐思思低著頭再沒興致說笑了。

王小軍道：「我發現了，咱三個湊在一起準沒好事，所以你也不用愁，大不了我和老胡再陪你回趟家。」

唐思思抬頭道：「你們陪我回家有什麼用？」

王小軍道：「我不是說了，咱三個湊一起準沒好事，到時候三煞星回唐門搞得雞飛狗跳，你爺爺一看，還不得把你這個喪門星掃地出門？」

唐思思噗嗤一笑，終究還是有心事掛懷。

然而當前最緊迫的事還是胡泰來的胳膊，隨著日頭再次偏西，距毒發日還有兩天時間，黑色陰影已經上升到胡泰來上臂，眼看就要侵蝕掉整條右臂！

經過艱苦的練習，王小軍帶著胡泰來分別於次日的凌晨和下午練通了纏絲手的第三式和第四式，距胡泰來毒發時間已不足四十八小時了。

夜色將至，王小軍鄭重地對胡泰來說：「老胡，纏絲手的第五式可能是最難練的一式，你一定要有心理準備，千萬別功虧一簣了。」

胡泰來點頭道：「行百里者半九十，這道理我懂！」

兩人第無數次地對面而站，第無數次地出手、交纏，前四式耗費了兩人無數的心血，也替他們總結了很多經驗，可說也奇怪，第五式明明只有兩個穴道，卻一直若隱若現，像跟人捉迷藏一樣無跡可尋。

二人練了半天毫無頭緒，王小軍道：「江輕霞說第五式的兩個穴道不太敏感，這有點像咱們的小拇指，別的指頭都各有各的用，只有小拇指存在感不強，現在我們想把它鍛煉得也能按圖釘、挖鼻孔，就非得付出更多的努力不可。」

兩人不眠不休地練了幾個小時，也許是這些天的積勞終於都發作起來，一個對招之後一起跌坐在地上，再也起不來了。

王小軍嘟囔著：「區區第五式怎麼這麼難練？難道前面四式都白練了？」

胡泰來忽道：「不白練！我明白了，你說得對，要想讓小拇指幹活，其他四根指頭就更得堅強，咱們這段日子一步一步只是按部就班地練通了前四式，從沒有穩固過根基，大拇指都沒勁，怎麼能指望小拇指按圖釘呢？」

王小軍道：「那你的意思怎麼辦？」

胡泰來爬起來道：「從現在開始，咱們只專心練前四式！」

「老胡你可想好了，你已經沒有任何時間浪費了！」

胡泰來微微一笑道：「賭一場吧，不然還能怎樣呢？」

「好！賭！」王小軍發狠地跳起來，又和胡泰來開始練習。

胡泰來練通了第四式以後，兩人也從之前由王小軍給他按摩變成了互相攀纏按摩，這次他們打定主意不去管第五式，只是一遍遍地重複前四式。

漸漸，兩人發現纏絲手在他們面前慢慢打開了一道全新的大門——以前他們每練通一條經脈就馬上去練另一條，練通的四條經脈是靜止的，孤立的，現在隨著多次複習，他們發現那些經脈之間彼此也是會互動的，第一條經脈和第二條經脈遙相呼應的時候，也許不留神，第四條經脈已經攀上第一條經脈和它嬉戲打鬧起來，這四條經脈如同四個頑皮的孩子奔走疾躥，帶動著手臂上的穴道也不住移形換位。

冷不丁胳膊裡一條沉寂已久的經脈像要覺醒似的一動！王小軍和胡泰來交換了一個驚喜的眼神，卻是誰也顧不上說話加緊練習。

他們倆這兩天幾乎把所有的纏絲手可以出手的位置、角度都運用了個遍，所以現在看起來只剩下平平無奇的碰撞，兩條手臂裡卻起了翻江倒海的變化！

最終，第五條經脈像頭冬眠被吵醒的熊一樣從樹洞中咆哮而出，五條經

脈像五條蛟龍一樣一起攪動，王小軍和胡泰來只覺右臂裡氣象龍騰，穴道與穴道之間，經脈與經脈之間山呼海嘯，至此經脈與穴道也再不分彼此，它們就像新生的無數條手臂手指，指揮起來莫不得心應手，纏絲手終於給他們練成了！

王小軍向後撤身，高聲道：「老胡，加油！」

胡泰來會意，右手繼續向前鑽出，從前他並不知道學會纏絲手該如何解毒，此刻卻像長了內視眼一樣，那些蘊藏在經脈之間的毒素看得清清楚楚，胡泰來攪動起一股風暴把它們席捲向指尖，僅僅十幾招過後，胡泰來上臂的黑色便往下退了一大截！

王小軍上前抓住胡泰來的手臂仔細地觀察，原先黑色的地方現在只留下一層淡淡的灰色印跡，一條手臂上黑、灰、白三種顏色涇渭分明，不過稍假時日必定會恢復如常。

兩個人練通第五式的時候天光已經微亮——胡泰來是在最後一天的期限內練成了纏絲手！

王小軍斜靠在屋前的樹上，看著胡泰來又逼了一會兒毒，兩個人相視一笑。

這時王小軍的電話響了，是唐思思送早點來了。

「一高興把吃飯這事兒都給忘了。」王小軍起身去接唐思思，不料剛邁出一步就差點摔一跤。

「你是不是太累了？」胡泰來擔憂地問。

「我這個年紀的英俊少年熬幾天夜能累到哪兒去？」王小軍使勁晃了晃腦袋，又邁出一步，還是有些走不穩。

「英俊和熬夜累不累沒有關係吧……」胡泰來上前扶住王小軍道：「你去睡會吧，我來接思思。」

王小軍一擺手道：「你好好地跟你的右手裡那些東西玩吧，不出意外的話，你很快就要和它們永別了。」

胡泰來愣了一下才反應過來，他說的是青木掌的毒。

王小軍來到斷壁前把唐思思拉上來，唐思思見他一副沒有任何事情要彙報的樣子，心往上一提，弱弱地道：「老胡……沒事吧？」她知道時間不多了。

王小軍故意板著臉不說話，默默地在前面帶路。

唐思思跳到他前面發急道：「你倒是說話啊！」

王小軍語氣沉重道：「思思，以後你願意當老胡的右手嗎？」

唐思思聞言，二話不說就往屋子跑，王小軍一瘸一拐地跟在後面：「誒你跑什麼呀，先回答問題……」

兩人一前一後地跑到屋前，胡泰來正在運功逼毒，見唐思思飛快地跑過來，不禁興奮道：「思思，我成功啦！」

唐思思一愣：「你說什麼？」

「我學會了纏絲手，你看！」胡泰來說著，把右臂亮出來給她看，他胳膊上的毒已經被他驅趕到了小臂上。

唐思思茫然地回頭看看王小軍，又看看胡泰來，哇的一聲哭了出來，邊哭邊喊道：「那為什麼騙我說老胡沒右手了……」

胡泰來一看就知道王小軍又胡說八道了，可他又不會勸人，只是發愣地站著。王小軍恨鐵不成鋼地衝他使了各種眼色，最終靈機一動，做了一個抱人的動作。

胡泰來起初不明白王小軍的意思，最後這個動作他卻懂了，瞬間面紅耳赤，王小軍站在唐思思背後一個勁催促他，胡泰來鼓足勇氣剛想上前安慰唐思思，不料唐思思自己撲倒在他懷裡放聲大哭，胡泰來只得輕輕地把手放在唐思思肩頭上拍著。

兩個男人都明白，這段時間他們沒日沒夜地苦練還不怎麼樣，唐思思卻承受著巨大的壓力，她所能做的有限，這種壓力憋在心裡太久，這時終於發洩了出來。

胡泰來只覺鼻子裡都是唐思思髮梢上的芬芳，臉邊都是她柔順的長髮，只感到手足無措，這時他見王小軍歪著一個肩膀走路，活像隻被人剪去一邊翅膀的麻雀，不禁道：「小軍，你到底怎麼了？」

唐思思聞言回頭張望，身子依舊靠在胡泰來懷裡抽噎著，看了王小軍的樣子卻樂道：「搞怪唄，他還能怎樣？」

王小軍卻真不是搞怪。自打第五式練通以後，他右臂清爽無比不假，但也同時受到了失衡的困擾——他的左臂還堵塞著呢；再有一點，王小軍自右臂練會了纏絲手，丹田與右臂相同，內力往來於右半個身子，就造成了他身體不但失衡，而且失重，因而走路奔跑總往右邊發墜！

王小軍道：「老胡，你有沒有感覺到身子一邊輕一邊重啊？」

「沒有啊。」

「那為什麼我就有？」忽而他恍然道：「咱們練的這個功夫叫纏絲手，可不是『纏絲右手』，這個功夫我一開始就該兩隻手一起練的！」

唐思思道：「可是老胡就沒問題啊。」

王小軍嘆口氣道：「有人是因禍得福，我是因福得禍——你們想，我一開始練的是鐵掌，現在右邊又練了纏絲手，至剛和至柔的功夫一結合相互抵消，左邊的鐵掌就要鬧事了，這就相當於半邊身子練了千斤墜，另半邊身子練了飛毛腿，這兩種功夫一起使，那人還不得劈腿了啊？」

唐思思被他這個比喻逗得哈哈一樂，接著嘴一癟道：「那該怎麼辦啊？」

胡泰來歉然道：「沒想到讓你學功夫也能害了你……」

王小軍一擺手：「別說這些沒用的，我現在就去找韓敏，把左邊的纏絲手也學會，兩邊一平衡估計就好了。」

胡泰來道：「你不能就按江輕霞的辦法練嗎？」

王小軍道：「先入為主，我左胳膊已經熟悉韓敏的練法了——最重要的，江輕霞的法子太痛苦了。」

他朝兩人揮揮手道：「我走啦！」他一瘸一拐地往山下走去，好幾次險些掉到右邊的樹叢裡。

唐思思忍不住道：「你行不行啊？」

王小軍頭也不回地一招手：「你們都別動！」

唐思思和胡泰來這才發現兩個人還抱在一起，不禁都有點不好意思地慢慢分開。

胡泰來看著王小軍漸漸遠去的背影，意味深長地說：「這小子只有為了別人練功時才肯出苦力，為了自己的話……怕他又要偷懶了。」

·第七章·

十招之約

江輕霞語氣平靜道：「我聽說余掌門揚言，只要峨眉中有人能接你十招你就認栽，是這樣嗎？」

余巴川眼皮挑動道：「沒錯，你敢打這個賭嗎？」

韓敏在身後輕輕拽了江輕霞幾下，江輕霞卻已大聲道：「好！我跟你賭！」

當王小軍蹣跚著上了孔雀臺的時候，正值韓敏馬上要散學，他的怪樣子引來一群女孩們的咯咯嬌笑。

韓敏也忍俊不禁道：「王小軍，你怎麼了？」

王小軍愁眉苦臉道：「二師叔啊，你害苦我了。」

「這是什麼話？」

王小軍道：「我按我師父教的穴位法練會了纏絲手，可是你教的經脈法卻一點效果也沒有──」

韓敏面無表情地聽著，心裡卻波瀾不止，王小軍用八天就學會了纏絲手，她雖然和江輕霞用的法子不同，其中的艱辛卻是一樣的，八天對她而言同樣不可想像。

聽完了王小軍的話，韓敏微笑道：「所以呢？你想怎麼訛我？」

王小軍笑嘻嘻道：「我不想訛二師叔，只想讓你把後面的練習方法都教給我，我好下山後慢慢練習，總有一天練會了，也就和右邊平衡了。」

韓敏意外道：「你想下山去練？」

王小軍理所當然地說道：「老胡的病治好了，我們也就該走了，不然我真的繼續待在峨眉搶師姐師妹們的早點啊？」

韓敏點點頭道：「也好，峨眉山上都是女弟子，你們兩個男的長住確實也不太合適。」她忽然話頭一轉道，「小軍，你下山以後，如果你爺爺責問你為什麼加入峨眉派，你該怎麼辦？」

王小軍道：「別的不敢說，我絕不會讓他把氣撒在峨眉頭上。」這個話題胡泰來也跟他說過，王小軍知道韓敏為人細膩，不像江輕霞那麼脫線和異想天開，這個顧慮肯定也是她最大的擔心。

果然，韓敏點點頭道：「那就好，我額外跟你說個事兒——冬卿幾次出言阻礙你，不是她對你有意見，她是為了峨眉的門面著想，畢竟你之前代表鐵掌幫，如果你一來峨眉就事事順遂，江湖上有好事之徒就要指摘我們怕了鐵掌幫，這點你要明白。」

「我明白。」王小軍對冬卿也並無惡感，諒解地說。

「好。」韓敏道，「現在回到你的問題，我剛才沒太弄明白你的意思——纏絲手你不是已經學會了嗎？」

王小軍道：「右手學會了，左手還不行。」

韓敏笑道：「誰告訴你纏絲手是要雙手一起學的？」

「難道不是？」

「當然不是，善用右手的人只練右手就可以了，雖然也有左撇子練習左手的，但這樣的人百裡無一啊。」

王小軍嘆道：「實不相瞞，我就是那個一。」

「你是左撇子？」

「哎，你怎麼就不明白呢，我是因為右手練了纏絲手以後左右失衡了，所以現在得把左手也練會。」

韓敏吃驚道：「哪有這樣的事？峨眉派練纏絲手的人多了，沒人有你這樣的情況啊。」

「我情況特殊嘛，我以前練的是鐵掌，後來練了纏絲手，這一剛一柔不就抵消了嗎？現在我走路發飄，所以我得把這邊也練會。」

韓敏又好笑又好氣道：「你這都是哪來的亂七八糟的理論，武學上只有剛柔並濟的說法，哪有抵消一說？」

王小軍焦躁道：「你就把後面的方法教給我嘛。」

「好吧。」韓敏無奈道：「但是我得提前給你打好招呼，不是左撇子想練左手必定加倍艱辛，連我自己都是只練了右手，你做好心理準備就是了，我教你的第一式你還記得嗎？」

「記得。」王小軍依葫蘆畫瓢給韓敏演示了一遍。

韓敏道：「還不錯，那我把剩下的四式也教給你吧。」她在自己的手臂上比劃道：「第三式就是手少陽三焦經，途經的穴道是這幾個……」

韓敏這一講將近一個小時，她跟江輕霞的教學風格完全不同，江輕霞只會告訴你這個穴道叫什麼，然後叫你去練，韓敏卻一定要把它為什麼叫這個名字、為什麼要先從它練起，以及練的時候要注意什麼一併說明白，這還不算完，她得經過反覆考核，等你記得滾瓜爛熟之後才肯甘休。

講到最後，老師沒煩王小軍先不耐煩了，他忽然靈機一動，掏出原子筆來：「二師叔，你就用這個把其他三條經脈給我在胳膊上標記出來算了。」

韓敏崩潰道：「經脈都是蘊藏於身體裡的，你讓我怎麼畫？」

王小軍討好道：「大致畫一下嘛，我可以提前做準備，當作預習。」

韓敏經不住他糾纏，只好拿起筆在他中指上一路蜿蜒向上，解釋道：「這是手厥陰心包經，途經勞宮、大陵、郤門……」一邊盡可能地在相近的地方幫他標記出來。

王小軍邊看邊道：「二師叔你辛苦了。」

韓敏搖頭道：「以後這種活兒還是找你師父去吧，我可教不了你這樣的

徒弟。」她畫完中指，又在王小軍食指上畫了起來，「這是手陽明大腸經，起於二間，經合谷、手三里、手五里……」

王小軍手舞足蹈道：「這幾個穴道我都認識！」

韓敏白了他一眼，剩最後的大拇指還沒開始標記，忽然就聽遠處山腳下有人大聲呵斥，接著似乎有人動上了手。

韓敏剛一愣的工夫，一名女弟子跑上來氣喘吁吁道：「二師叔……不，不好了，青城派的余巴川強行闖入，說要見咱們的掌門！」

韓敏聞言，雙眉倒豎道：「他想幹什麼？」

「不……不知道……但他說，只要峨眉派中有人能接住他十招，他就下山……」

「猖狂！」韓敏怒道：「掌門現在在哪兒？」

那弟子道：「余巴川剛上山，她應該還不知道。」

「看群組呀。」王小軍打開微信，「青城余巴川上山了！」「余巴川不等我們通報就要硬闖。」「我們和他動手了。」「我們沒攔住他。」「……余巴川往大殿方向去了！」

韓敏沉聲發了一條訊息：「他帶了多少人？」

馬上有幾個弟子回覆：「只有他一個。」

這時江輕霞不帶任何情緒地發來一句話：「所有弟子聽著，不要和他糾纏，放他上來，大家都到大殿外集合！」

韓敏二話不說道：「走！」

她和那個弟子拔腳就往大殿方向跑去，王小軍也想跟上，無奈身體不聽指揮，依舊是一半身子發沉，他一蹦一跳道：「這個余巴川到底想幹什麼呀？」

韓敏回頭看了他一眼，道：「小軍，峨眉派的事你就不要摻和了。」

王小軍一揚手道：「我也是峨眉派的呀，二師叔，誒？你們等等我呀！二師叔！」

說話間，韓敏和那名弟子已經跑遠了。

王小軍懊惱地捶了一下左臂，這條生鐵一樣的胳膊無知無覺，一副幸災樂禍的樣子。王小軍自知不是余巴川的對手，但想憑著鐵掌能為峨眉分擔幾分壓力也是好的，不料這個節骨眼上纏絲手的後遺症居然發作了，自己這副樣子別說跟人動手，就算想平平穩穩走到大殿都難！

想到這，王小軍怒火難平，發狠地將左掌揮出，冷不防就覺一條熱線從左肩疾躥而下，一直流到了左手小指尖！

他無意中的一掌，居然和韓敏教他的經脈練法暗合，由此打通了他的手少陰心經脈。王小軍一喜，仗著這條新開通的經脈勉力保持著平衡，一瘸一拐地向峨眉大殿跑去！

王小軍連滾帶爬地到了大殿門前，這時峨眉四姐妹都已到了大殿門口，弟子們神情嚴肅地分站在臺階下，青城派和峨眉的恩怨由來已久，余巴川又是武林中風頭最勁的高手，因而各個臉上皆有惴惴之色。

眾人嚴陣以待卻遲遲不見余巴川露面，江輕霞穩了穩心神道：「余巴川現在何處？」

話音未落，就聽山腰上又有人喝鬥起來，眾人紛紛探身觀望，只見渺遠的山腰處有一條人影正快速攀升，間或有峨眉弟子持劍阻攔，不過一招一式就被他制服。

余巴川身形不停，那些弟子的長劍逐一被他擊落，帶著爍爍的寒光掉進絕壁深淵，開始是一兩把，後來三五把，在朝陽的照耀下，就像火樹銀花綻放一般，眾弟子面對這種景觀唯有人人靜默。

江輕霞沉著臉道：「不是讓她們放他上來嗎？怎麼還有人動手？」

冬卿小心翼翼道：「可能這些弟子沒收到訊息，也可能是……不太服氣。」

江輕霞道：「余巴川說峨眉派中只要有人能接住他十招他就下山，你們怎麼看？」

冬卿哼聲道：「兵來將擋，他想一個人就滅了咱們峨眉派的威風只怕也沒那麼容易，一會兒他上來，咱們就列出十四人劍陣，難道還擋不住他十招？」

韓敏謹慎地道：「余巴川隻身上山，必定有極深的意圖，動手拼命自然簡單，咱們可不要落入了他的圈套！」

王小軍悄悄地繞到郭雀兒身邊，小聲道：「四叔，你見過余巴川嗎？他功夫怎麼樣？」

郭雀兒凝重道：「除了二師姐，我們都沒見過他，按輩分來說，他還是我們的前輩，功夫嘛……他敢獨自上山，必定是這些年又研究出了什麼新路數……你這是怎麼了？」

原來王小軍一邊說話，一邊仍然按照韓敏在他胳膊上畫的線在練習纏絲手，他現在身子失重，一個肩膀縮著，左手往前一探一探的，樣子十分怪異。

「我練功。」王小軍認真道。

饒是此刻氣氛沉重，郭雀兒也忍不住咯咯笑道：「敵人都上山了你才練功，不嫌太晚了點嗎？」

王小軍瞟了她一眼道：「臨陣磨槍，不快也光！」

江輕霞對冬卿道：「你去廣播一下，讓所有弟子不得阻攔余巴川上山！」

「不必了！」隨著淡淡的聲音，余巴川已飛身來到大殿口。

眾弟子幾乎都沒見過這位傳說中的青城掌門，這時一起定睛觀瞧，只見余巴川個子不高，穿一身苦力們經常穿的灰色粗布外衣，下身軍綠褲子軍綠色鞋，堂堂的一派掌門，這身打扮著實是又老氣又土氣，說他是個挑夫也有人信。但往臉上看，一雙眸子精光四射，有種霸氣內斂卻又不自覺散射出來的威勢，讓人對視一眼就覺壓迫感極強。

余巴川背著手上了山頂，過了好半天，十幾個峨眉弟子才氣喘吁吁地追上來，她們手中鐵劍都被打落，有的拿著黑劍，有的則是空手，看起來頗為狼狽。

余巴川微微冷笑，朗聲道：「老夫隻身前來峨眉，女娃們卻刀劍相加，這就是你們的待客之道嗎？」

韓敏語氣平靜道：「客人如果有客人的樣子，我們自然客客氣氣以禮相待，可像閣下這樣硬闖，那就無異於入室的蟊賊一樣了。」

余巴川嘿然道：「硬闖又怎樣？廢話少說，讓你們的掌門出來見我，我身為青城派掌門，又和你們的師父平輩論交，峨眉派連這點禮數也不懂嗎？」

江輕霞輕笑一聲道：「余掌門這麼說可言重了，我就算想下山迎接，你也沒給我機會不是？我聽弟子們說你跑得猴急，想跟你搭句話，你也只顧毛手毛腳地搶人寶劍，我還當青城派掌門是個多老成持重的前輩，沒想到……哎！」說著哀怨地嘆了口氣。

她幾句話就指摘出了余巴川的霸道無禮，又輕輕蓋過了弟子們被奪劍之辱，一個嬌滴滴的大美人薄嗔微惱，這要是在鬧區，余巴川不等分辯就得被不明真相的青壯年男性圍觀者們群毆致殘。

余巴川愕然道：「你就是峨眉的掌門？」

江輕霞微笑道：「正是。」

余巴川點點頭：「想不到峨眉的掌門是這麼一個標緻的女娃娃，韓敏比你年紀大，怎麼掌門不是她當？」

江輕霞臉色微變，韓敏立刻道：「論資歷，掌門人是我們的大師姐，論功夫德行也是我們中的翹楚，余掌門未免操的閒心太多了，據我所知，青城派同輩中你也不是大師兄，那麼掌門為什麼由你來當呢？」

余巴川忽然嘿嘿一笑，陰陽怪氣道：「我明白了，你們師父考慮周全，選了一個最漂亮的來當掌門，以後行走江湖就能拉攏一幫好色之徒來捧峨眉的場，哈哈，果然薑是老的辣，讓人佩服啊，佩服！」

這話說得極難聽，峨眉弟子們人人面有怒色，卻一時不知該怎麼反駁，連江輕霞也是氣結。

這時，一個女孩忽然越眾而出，聲音清脆道：「青城派上任掌門選了你這個個子最矮的接任，好讓武林中群豪見了你先起了輕視之心，這個煙霧彈也放得很好啊。」

「噗——」眾人聽了這句話無不失笑。余巴川個子矮，未見得就是青城派裡最低的，可這種話又不能較真，算是狠狠地做了回擊。

王小軍忍不住感慨道：「看來我六師妹以後就是峨眉的口才擔當啊！」

說話的正是唐睿，這姑娘有理時能據理力爭，沒理時也能攪三分，可謂能文能武，幸好當初考試沒被刷下去，不然峨眉在辯論上的戰鬥力非減半不可。

余巴川怪眼一翻，狠狠瞪了唐睿一眼，以他的身分又不好直接跟一個比他晚了兩輩的弟子發飆，只好冷冷道：「我來峨眉不是為了跟小姑娘鬥嘴的——我以前說的那件事你們想好了沒有？」

韓敏明知故問道：「余掌門說的是哪件事呢？」

「成立『蜀中武林聯盟』的事！」余巴川瞪眼道：「你們不必再拖拖延延的，我就不明白，咱們蜀中門派眾多，只要同氣連聲，瞬間就能和少林武當並駕齊驅，這麼明顯的好事你們怎麼就看不出來呢？」

韓敏道：「既然成立聯盟，那就要推選出一個盟主，不知這個盟主的人選，余掌門心裡有數了嗎？」

余巴川道：「自然是選一個德行武功都能服眾的人來當。」

韓敏微笑道：「德行這種事太過虛幻，恐怕一時不好說誰就能服眾，看來最後還得以武功論高低。」

余巴川嘿然道：「既然是武林聯盟，以武功論高低不是很正常嗎？」

韓敏道：「你是前輩，我們不能真和你在功夫上爭長論短，所以此事諸多不便，恩師在世時也教導過我們，無論人還是門派，立世之本在於堂正，不能靠拉幫結派，結盟的事我們峨眉早有表態：恕不能附議。」

余巴川兩條短粗的眉毛一揚道：「說來說去無非就是技不如人，怕當不了盟主而已。」

韓敏不急不躁道：「余掌門愛怎麼說就怎麼說吧，青城和峨眉兩派從來就不是什麼朋友，我們敬你是前輩才和你說了這半天話，既然不歡，何妨就此散了，不送了！」她竟是下了逐客令。

余巴川喝道：「峨眉派到底誰是掌門？」

江輕霞淡淡道：「敏姐說的話就是我要說的，余掌門還有什麼指教嗎？」誰都能看出她對韓敏越俎代庖有不悅之色，但大敵當前不便發作就是了。

余巴川仰天打個哈哈道：「我堂堂的青城掌門腆著臉來峨眉，盛意拳拳地邀請你們加盟，你們三五句話就把我打發走了，叫我以後怎麼在江湖上立足？」

唐睿翻個白眼道：「又不是我們請你來的！你去銀行申請貸款人家不答

應，你也要抬出青城派掌門的身分作威作福嗎？」

江輕霞一笑道：「那余掌門想怎樣呢？」

余巴川大聲道：「要麼同意加入聯盟，要麼亮幾手峨眉絕學讓老夫開開眼！」

韓敏憂慮地看了江輕霞一眼，最終忍不住對余巴川道：「無論是加盟還是別的要求，我們沒有這個義務滿足你。」

「如果我非要勉為其難呢？你們能怎麼樣，報警嗎？」余巴川獰笑幾聲道：「不答應也行——以後凡是峨眉弟子見了青城弟子三十米外低頭，二十米外躬身，十米跪拜，我派弟子不離開，你派弟子不得起立，做得到嗎？」

「嘩——」峨眉弟子人人震怒，如果真是這樣，那峨眉還不如被滅派算了。

余巴川咄咄道：「只要你們說做得到，我就不再為難你們！」

江輕霞語氣平靜道：「我聽說余掌門揚言，只要峨眉中有人能接你十招你就認栽，是這樣嗎？」

余巴川眼皮挑動道：「沒錯，你敢打這個賭嗎？」

韓敏和江輕霞朝夕相處，知道她這副表情已動了真怒，她在身後輕輕拽了江輕霞幾下，江輕霞卻已大聲道：「好！我跟你賭！」

以韓敏對江輕霞的瞭解，太清楚她容易衝動的性子，當她聽到江輕霞和余巴川達成賭約時，不禁一陣頭疼。

毫無疑問，峨眉以前是大派，如果不出意外的話，以後也將是大派，峨眉的武功細緻綿長，講究浸透和慢修，假以時日，自己姐妹必定會逐漸攀升為頂尖高手，那時才能真正在武林中立於不敗之地。但現在，師父早逝，派中師妹幼小，更別說弟子們了，在這青黃不接的非常時期，韓敏主張委曲求全才是上策。

余巴川敢獨自上山口出狂言，必定是有所準備，所以早打定主意——哪怕顧左右而言他、虛以委蛇，也一定不能回應余巴川任何條件和挑釁，大不了給他占些嘴上的便宜，這個場子以後再找不遲，但江輕霞冒冒失失的一句話讓她的計畫全泡了湯，無計可施之下，她也只有暗自籌措準備動手，全力以赴接對方十招，她還是有五六分把握的。

余巴川背著手道：「你們選個娃娃上吧！」一副旁若無人的樣子。

江輕霞道：「哪位姐妹去領教一下余掌門的高招？」

冬卿不聲不響地上前一步道：「掌門師姐，我去。」

江輕霞扶住她胳膊捏了捏，一切盡在不言中。誰都明白第一個上去的人犧牲最大，要背負起探清余巴川虛實的責任，勝算低風險高，而且以後傳出去對名聲也有影響，但強敵在側，姐妹們之間也不顧不上這種虛名了。

冬卿從背上抽出黑劍，恭謹地衝余巴川鞠了一躬道：「余前輩，晚輩想以劍法討教，前輩可以自選兵器，當然也可以用劍，你決定吧。」

余巴川擺擺手，傲然道：「我早就說過，兵器在現代武林中局限大，受限也多，枉你們峨眉自稱與時俱進，卻還死守著劍派的名頭不肯丟，我不用兵器，就用這對肉掌跟你玩玩吧。」

這番話一出，王小軍差點也跟著點頭，他對武功沒什麼概念，對兵器卻有著固執的偏見，現在連水果刀都不讓帶上火車了，練劍還有個屁用！

他這半天也沒閒著，左手小指通了之後，有絲絲熱力流向丹田，他便開始練習無名指的手少陽三焦經，但他的手每每剛鑽出去，原先蘊藏於丹田的內力便順著左手小指逆流而上，這一來如同引狼入室，他一招沒能練完整，那股內力便在他左臂裡翻江倒海地鬧騰，王小軍不勝其煩，但只能咬牙堅持。

余巴川看看冬卿手裡的黑劍道：「你去拿把鐵的來吧。」

冬卿搖搖頭。

「得罪了。」她劈手一劍刺向余巴川的肩頭，碳纖維的黑劍雖然無尖無刃，在她手裡一運，竟然發出嗚嗚的破空之聲。

余巴川身子不動，待冬卿劍招已老，冷不丁極速閃身襲向她身後，冬卿手腕轉動，黑劍側擊，余巴川見對手上當，腰身一擰，整個人像條彈簧似的又回到原位，雙掌一併要硬奪冬卿的長劍。

就在瞬間，冬卿右手的劍遞交左手，黑劍化作一團黑色霧氣，將自身破綻籠罩起來。峨眉弟子掌聲雷動！

寥寥兩招之間，余巴川設陷、反撲，冬卿入彀、逆轉，兩人都展示了一流的戰術意識和身手，尤其冬卿，完美地把劍術和近身格鬥融於一體，達到了使劍如臂使指的境界，峨眉劍法博大精深如此，確實是無法輕易捨棄。

在眾弟子的喝彩聲中，余巴川眼看必須後退以自保，不料他只是將身形微蹲，一掌攏在腰側，另一隻手同樣化作一團虛影，冬卿的劍幻化出一百個劍身，余巴川的手就幻化成兩百隻手掌——他硬生生地以快打快用手捏住了冬卿的劍頭，當劍身震顫停止的那一刻，余巴川撤手回奪，腰側的那隻手掌轟然拍出！

「砰！」冬卿被打得直飛出去，在半空中鮮血狂噴。韓敏和江輕霞同時大驚，一起飛身抱住把她緩緩放在地上。

冬卿嘴角鮮血不斷湧出，喘息道：「此……此人厲害，你們要小心！」

江輕霞怒視余巴川，眼中似乎也要滴出血來。後者卻背起手，馬上恢復了懶洋洋的常態。

余巴川擊敗冬卿只用了三招，第三招是用壓倒性的手法奪劍傷人，其中沒有絲毫取巧的成分，實力之強可見一斑。

「咦？」王小軍看余巴川第三招的掌法十分眼熟，似乎就是他和胡泰來在火車上參詳過，被他取笑為「街霸秘笈」的冊子，這一掌乃是冊子上的第一招，所以他印象深刻。

那冊子得自余巴川的兄弟余二，他和胡泰來一直以為是青城派的入門掌法，這時見余巴川使出，明白不是那麼簡單。

他右臂熟練了纏絲手之後，也領悟到了纏絲手的修煉秘訣，這門功夫若想大成，不是逐一練通了就行的，而是要整條手臂的穴道點、經脈線，點線合一相互溝通相互融合才行，於是在聯繫左臂的時候他就學了乖，不住用已經通融的小指經脈呼應無名指經脈上的穴道。與此同時，源自右臂、儲存於丹田的內力不斷順著小指經脈來騷擾左臂的修行。

王小軍看上去沒有任何異樣，可只有自己能感覺到：這副身體從右臂到丹田，再從丹田到左臂，就像穿了一件緊身衣，箍得他有苦說不出，而且箍也罷了，力道還不均勻。

就在這時，左手無名指手少陽三焦經像是受了來自於右臂內力的驚擾，竟然「崩」的一聲驟然發熱而通，王小軍情不自禁地哼了一聲。

只是在這驚險時刻沒人能顧得上他，幾個弟子上前救護冬卿，還好沒有生命危險，但看樣子傷得不輕，沒個一年半載恐怕很難痊癒。

余巴川負手而立，峨眉派上百雙眼睛對他怒目而視，更有許多弟子手握長劍，恨不得一擁而上把他亂刃砍死，余巴川兀自輕描淡寫道：「女娃娃們就是少見多怪，打架吐幾口血有什麼稀奇？下一個誰來？」

江輕霞的心一個勁地往下沉，她這會兒才暗責自己做了輕率的決定，冬卿的劍法在四姐妹中有獨到之處，剛接余巴川三招就慘敗而歸，她自忖也很難撐住十招，余巴川既然敢來，那就有恃無恐，如果傳出去全峨眉沒人能接住青城派掌門十招，那峨眉的招牌就要栽在自己手裡了。

她正在胡思亂想的當口，郭雀兒走過來道：「掌門師姐，我去會會他。」說著衝江輕霞頑皮地眨了下眼睛。

江輕霞見她說得輕巧，不禁問：「你……有什麼法子嗎？」

郭雀兒小聲道：「論打我不是他的對手，可我是雀兒啊。」

江輕霞頓時醒悟，郭雀兒這是要以輕功和他纏鬥，她稍稍心寬，便點了點頭。

韓敏警告道：「雀兒，那余巴川從山腰闖至山頂不過片刻之間，可見輕功不比你差，你千萬不要輕敵！」

郭雀兒展顏一笑道：「知道了三師姐。」她蹲身又查看了一下冬卿的傷勢，這才大步走上場。

她大大咧咧地衝余巴川揚揚下巴，隨口道：「喂，接下來我跟你打！」

余巴川神色木然道：「誰打也是一樣，我讓你先出招。」

他這個「招」字剛出口，郭雀兒已經輕靈如雀兒一樣掠了上來。她這一躍，身形優美且軌跡略帶弧度，這條弧度在行家眼裡可說是輕功練到了家的憑證，這樣一來，只有她能騷擾敵人，敵人卻很難判斷出她的落腳處和攻擊點！

余巴川眼光老到，一眼就看出對方的門道，隨之也就明白了郭雀兒的目的。他雙臂微張，像一張鋪開的網似的等著郭雀兒來投，郭雀兒也是藝高人膽大，身形直掠，右掌切向余巴川的肋下，余巴川穩若螳螂捕食，拿捏好時機靜極而動，他雙臂一夾，郭雀兒眼看要被夾住，偏偏在最後關頭以一種極其婉轉清越的姿勢又飛走了！隨即脆生生道：「第一招。」

余巴川輕功自然不弱，心裡也暗自忖度著：如果驟然追擊能否抓住這隻雀兒，最終他還是選擇了原地待機。

郭雀兒本意是把余巴川引出來，將十招儘快打完，對方不上當她也不急，輕靈地在半空中一轉身又繞了回來，拳頭往余巴川面門前一遞道：「第二招！」

余巴川蓄力已久，這時終於轟然出手，他動作怪異地彈跳而起，像個憑空蹦起來的獵夾，可惜獵夾只能咬住兇猛的走獸卻夾不住靈敏的雀兒——郭雀兒再次從旁滑翔而走，咯咯一笑道：「馬上就要三招了哦。」

兩個人往來反覆又這樣打了兩個照面，余巴川始終沒能擦著郭雀兒的邊，卻是四招已過。

余巴川心裡發急，如果就這樣給對方拖過十招他自然不甘心，於是索性惡狠狠地撲向郭雀兒！

郭雀兒心裡一喜，轉身和余巴川虛晃了兩招，清清楚楚地報道：「五招六招——」

余巴川一愣神的工夫，她手掌回切對方脖頸，「第七招啦。」

余巴川大怒，猛然直撞過來，郭雀兒輕鬆躲過，心裡已經成竹在胸，這樣下去別說十招，二十招三十招也有的打！

就在她開心之時，余巴川直衝過她身側，手爪一張，抓向了江輕霞的咽喉！

第八章

我跟你打

王小軍不太習慣地活動了一下基本已經恢復知覺的左手，隨即在七師妹的頭頂上拍了拍道：「別怕，看師哥給你報仇！」然後眾人就見他施施然地走到江輕霞前面，朝余巴川勾了勾指頭道：「來，我跟你打！」

此時，郭雀兒和全體弟子都沉浸在馬上就要成功的喜悅情緒之中，誰也沒想到余巴川竟然突襲掌門。

江輕霞站在最前面全神貫注地看著郭雀兒，擔心她有任何閃失，冷不丁余巴川的手觸摸到她脖子上的肌膚，不禁嚇得花容失色，其實但凡她有三分防備，余巴川就不能得手，但她還是江湖經驗太淺！

隨著兩聲呵斥，郭雀兒急轉回來，不顧一切地攻向余巴川後心，另一聲卻是韓敏所發，她離江輕霞尚遠，但驟然發力之後，就像一團被颶風吹來的雲彩，隨之雙掌直擊余巴川身側空門。

余巴川頭也不回朝身後點出一指，郭雀兒這時一心要救護江輕霞，一個不留神肩頭中招，慢慢癱倒在地上，余巴川眉頭微皺；對他構成真正威脅的是韓敏的雙掌，無奈之下也只得放棄江輕霞，和韓敏對了一掌！

他站在原地，冷笑一聲道：「我就知道全峨眉數你武功最高，小美人掌門膿包之極啊！」

韓敏受了余巴川一掌，全身肥肉都向後湧去，就像狂風中的柳絮似的飄擺了一陣之後便即落定，給人感覺這身肥肉替她消滅了大部分的外力一樣。

韓敏表情憤怒道：「余先生，你這樣做也太卑鄙了吧？」

余巴川無所謂道：「兵不厭詐，那個愛蹦躂的小丫頭最終也沒接住我十招，現在要換你了嗎？」

郭雀兒倒地之後便不能動，有兩名弟子將她扶在一邊，韓敏先走到郭雀兒身前檢查她的傷勢，卻意外地發現她肩頭不青不腫，但郭雀兒依然上半身不能自由活動，韓敏吃驚道：「點穴手？」

峨眉弟子群情嘩然，余巴川只懶懶道：「大驚小怪，不值一提！」

王小軍沒了郭雀兒給他解說，見吳姐就站在身邊，忍不住搭訕道：「吳姐，點穴手是個什麼功夫？」

吳姐頭也不回道：「武俠小說裡的點穴功夫你沒看過嗎？只要手在你身上一點，你就不能動彈，比戴了手銬腳鐐還管用。」

「哦哦。」

吳姐聽他口氣淡漠，回頭怒視道：「你知不知道現在江湖上會點穴手的人有多少？」

「多……少？」王小軍犯了迷糊，不知道哪句話說得不對了。

「除了少林武當掌門這樣的絕頂高手，兩個巴掌加起來也就數得過來了。」

「兩個巴掌……那就是十個？」

吳姐點頭：「這下知道厲害了吧？」

「知道了……」王小軍說著話，兩條胳膊之間卻你來我往地異常熱鬧——左臂自從兩條經脈通了之後，一股從前沒發現的內力異軍突起，從左臂裡衝出來要和侵擾進來的右臂派內力決一死戰，結果兩撥人馬在頂頭遇著之後，卻忽然發現彼此是友軍，於是把酒言歡地會師了……

峨眉山上打亂了套，王小軍身體裡也鬧翻了天，他只覺胸也漲胳膊也漲，低頭看時卻並無異常，不禁苦笑道：「這啥時是個頭啊？」

吳姐再不理王小軍，踮腳伸頭地往場上看著。

王小軍看峨眉四姐妹已傷了兩人，有心上場去搗亂一番，卻又自顧不暇，於是忍不住道：「吳姐，按一般書裡的套路，你這樣隱藏在名門大派裡的廚子都是絕頂高手吧？」

吳姐猛然回頭瞪著他道：「你想說什麼？」

「你……就不打算出手幫忙嗎？」

吳姐哼了聲道：「我當然是高手，該幫的時候我自然會幫的。」

余巴川亮出點穴手的功夫之後，韓敏心頭又多了一層陰影，他點倒郭雀兒是背著身，也就是說，除了具備點穴的深厚內功之外，余巴川認穴之準、經驗之豐富，都是她們無法比及的。

最讓人心寒的是，余巴川不但武功極高，而且心思陰毒，他幾次三番地挑撥自己和江輕霞的關係，看似口口聲聲抬高自己在峨眉中的威望，其實是種下了姐妹間以後的嫌隙。

但這時騎虎難下，韓敏只得硬著頭皮道：「那就由我來領教余先生的高招吧。」

余巴川嘿嘿一笑道：「好，也讓我看看峨眉真正第一高手的成色！」說著故意瞟了江輕霞一眼。

江輕霞臉上神情不定，不知道在想什麼。

片刻間，余巴川就和韓敏動上了手，韓敏性情沉穩，拖著肥胖的身體卻有著行雲流水的靈動，給人感覺世界上沒有任何難題可以難倒她，她就像一個有著極高智慧的巨人。與她相比，余巴川乾縮微小，活像一顆鐵豌豆。

兩個人上手就是青城派和峨眉派最高深的功夫，余巴川嘖嘖稱讚道：「嗯，胖丫頭果然有過人之處——喲，這招可著實不錯——這一手漂亮，要是老夫教你還能更好。」

他起初故意這麼說是為了氣江輕霞，後來倒是有了幾分真誠，韓敏大氣磅礴，內功、輕功、拳掌都已不像她這個年齡人的修為，到最後余巴川心裡已是一片惶恐，他忽然想到要是自己突然不在了，憑目前的青城四秀只怕加起來也不是韓敏的對手，只要韓敏在，對青城派就是最大的隱患和威脅！

這時旁邊的弟子們已經高聲叫道：「六招啦，二師叔加油！」

余巴川這才一驚，剛才只顧看韓敏的修為，幾乎忘了十招這件事，現在再想翻盤已經晚了——他自己也能感覺到，憑韓敏的修為，他無論如何也不可能在十招之內打倒她！余巴川想到這，索性一不做二不休，身形再次撲向江輕霞！

如果說余巴川第一次這樣做是為了對付郭雀兒用的聲東擊西的話，現在故技重施就未免無聊齷齪，堂堂的青城派掌門，跟人動手不勝就幾次三番地使用詭計，但余巴川就是這樣的人，他只求結果！而且這次他是真的動了歹念，一個想法在他腦子裡無比鮮明地閃了出來——只要抓住江輕霞就可以威逼峨眉派做任何事，何必費盡艱辛地跟她的門人弟子動手？

他深知江輕霞就算武功不及韓敏，也必定是峨眉數一數二的高手，於是這一撲全力以赴！

韓敏瞧出余巴川已起了殺心，一時間腦子裡一片空白！絕不能讓他抓住掌門！

這是韓敏唯一的想法，她巨大的身軀飛躍而起，全力之下，比余巴川後發先至到了江輕霞身前，這當口她再也來不及轉身，雙腿一蹬，用後背向余巴川撞去，一邊大聲道：「輕霞小心！」

江輕霞就這樣錯愕地看著韓敏擋在她身前，又片刻不停地彈了出去……

余巴川眼看一堵肉山壓過來，若以重手出擊，只怕傷了韓敏，自己也會被她的肥肉撞倒，老傢伙畢竟老而彌辣，縱身而起，手指在韓敏肩頭連點，不知是認穴不準還是韓敏脂肪太厚，直到第三下才把韓敏點倒，惡念湧上，便再用重手擊向已毫無抵抗力的韓敏肩胛處，他這一掌起碼要廢掉韓敏一隻手臂。

就在這時，一枚青果發出破空之聲朝余巴川左眼射來，余巴川一驚之下放開韓敏遠遠地跳開，厲聲道：「誰暗算老子？」

唐思思站在大殿旁邊，左手裡還攥著幾個沒熟的果子，她情急出手，根本沒想過後果，以她的暗器手法，那枚青果沒打在韓敏身上算是萬幸，這時只覺虛汗直冒，手抖得厲害。

余巴川見是個年輕女孩，以為是峨眉派中排名前面的弟子，勃然大怒道：「居然暗箭傷人！」他這會圖窮匕見，再次朝著江輕霞的位置掠去。

韓敏大聲喝道：「列陣！」

江輕霞身邊的十四名弟子聞言如夢方醒，一起持劍擋在江輕霞身前，其餘弟子也都圍攏過來，余巴川打個哈哈道：「好啊，早該一擁而上！」

他絲毫沒把弟子們放在眼裡，大剌剌地往前一撲，不想對面七把劍突然分別從各個角度刺向他的咽喉心口兩大要害，其餘七把劍則專責守護，一時間十四個人就像一個攻守兼備的絕頂高手一樣，把余巴川逼得退後了一步。

王小軍朝唐思思招手把她喊過來，問她：「你怎麼來了，老胡呢？」

「我去食堂幫廚啊，結果發現人都在這裡，老胡正在逼毒，看樣子正在要緊關頭——」

「那就別告訴他了，不然以他的脾氣又得跟余巴川掰扯半天，他又打不過人家，一切都是白搭。」

唐思思吃驚道：「那個老頭就是余巴川？」

王小軍無語道：「你忙都幫了，還不知道你打的是誰？」

唐思思吐舌道：「我看他要傷敏姐，沒來得及多想就出手了，早知他是青城的掌門，說不定我連出手的膽子都沒有了──你怎麼樣了？」

王小軍擺手道：「你先別管我，我看峨眉要糟了……」

唐思思看著場上十四人劍陣轟轟烈烈地和余巴川纏鬥，道：「峨眉的劍陣不是很有名嗎？」

王小軍憂慮道：「像這種劍陣啊、八卦陣太極陣什麼的，從來都管不了用，用一句話就能概括了──對付二流高手一打一個準，對付一流高手一把一抓瞎，可是對付二流高手用得著十四個峨眉一流的弟子佈陣嗎？所以說沒什麼用。」

對於王小軍的理論，余巴川卻不能同意，至少是暫時不能同意。他幾次想穿過劍陣都無功而返，而且不論耍各種花招都不能得逞，十四名弟子只求護住江輕霞，敵人來犯便給予迎頭痛擊，敵人退開她們也不追擊，十四柄長劍心同一處，眼見硬攻的話，就算再有數倍於她們的人數也難奏效。

見此情狀，一旁的弟子中便有人喊起好來，余巴川三角眼一翻頓時有了計較，他閃身衝進圍觀的弟子群中，手掌由下往上，逐一地把她們的長劍擊向空中，弟子們一陣大亂，余巴川在人群中來回穿梭遊走如入無人之境，上百名弟子中頃刻就有幾十柄長劍被打上了天，余巴川掌上加了方向，那些長

劍便洋洋灑灑像下雨一樣落在劍陣之中。那十四名弟子只得出劍撥擋劍雨。

余巴川嘿嘿冷笑，東一躍西一躍地把更多長劍放上了天空，韓敏在兩名弟子的攙扶下正在運氣試圖解開穴道，這時再想出聲阻止也晚了。

幾十把長劍紛紛揚揚地升上天空又落到地上，弟子中有修為淺的便驚叫躲閃，一時湧向了十四人劍陣，劍陣中的人不但要防止劍雨傷了自己，還得留神不要誤傷了師妹，陣腳一亂，余巴川已經突了進來！他隨手點倒幾名劍陣弟子，這劍陣立顯鬆散，眼看再也組織不起來了！

王小軍左右移動著腳步躲避著天上掉下來的長劍，眼看一枚長劍要把眼前的小女孩刺中，王小軍右掌揮出將它拍開。那小女孩是和他一撥入峨眉中最小的一個，算起來是眾人的七師妹。

七師妹見師姐們東奔西走人仰馬翻，頭頂劍雨飄搖，眼裡滿是驚恐，待王小軍把她拉在一旁，她才帶著哭音拽住王小軍的袖子道：「師兄，我好害怕——」

王小軍催動右掌之時，突覺左臂的手厥陰心包經和手陽明大腸經兩道經脈「崩崩」兩聲霍然開通！原來左臂內力和丹田的內力融合後，開始裡應外合地給左臂的經脈做起了按摩，這時稍加運動就造就了經脈的疏通，王小軍感覺左臂就像被壓麻了忽然放鬆一樣，手臂上有千針萬線在攢刺，說不上是痛苦還是舒服。

在戰亂之中，吳姐目光炯炯地盯著余巴川慢慢接近，她覷準對手一聲清嘯，隨即飛腿踹向余巴川胸口，余巴川看也不看地一指點中她大腿穴道，隨手把她撇在塵埃中，合著吳姐壓根不是什麼高手……

江輕霞靜靜地看著這一切，此時亂象全因她一句冒昧的話而來，峨眉已到了生死存亡的關頭，而現在峨眉山上只有她還能勉強和余巴川一戰。

這位芳華絕代的掌門眼睛裡沒有任何情緒，她緩緩拔出長劍，輕聲道：「都讓開吧。」

與此同時，王小軍不太習慣地活動了一下基本已經恢復知覺的左手，隨即在七師妹的頭頂上拍了拍道：「別怕，看師哥給你報仇！」

然後眾人就見他施施然地走到江輕霞前面，朝余巴川勾了勾指頭道：「來，我跟你打！」

王小軍在余巴川眼裡算不上什麼異軍突起——他作為在場的唯一一個男人，余巴川早就注意到他了，只是他剛才一個勁地出怪相，余巴川直接把他當成了因為有殘疾所以被峨眉收留的雜役。

這時見他橫來擋路，余巴川不禁問：「你是什麼人？」

王小軍道：「你瞎啦，看不出我是峨眉派的嗎？」說著雙手一指身上的衣服，接著嘿然道：「不好意思，我那制服拿去洗了。」

余巴川這才認真打量了王小軍一眼，見他歲數不大，神情迷糊，胳膊上小動作不斷，從哪看都不像是練過功夫的人，頓時有了判斷：這是一個出來胡攪蠻纏來搗亂的小丑，希望拖延時間帶來轉機，當下皮笑肉不笑道：「想不到峨眉派還收男弟子，真是藏汙納垢啊。」

王小軍不耐煩道：「別胡扯了，你看你底限這麼低，我六師妹都懶得罵你了。」

江輕霞在王小軍身後小聲道：「小軍，你退後，這個人你對付不了。」

王小軍擺手道：「師父放心，我有豐富的打青城派的經驗，今天新仇舊恨我要一起算！」

余巴川自然不知道自己的門派和這個年輕人有什麼新仇舊恨，想來他只是隨口說說，當下陰陽怪氣道：「你小子好豔福啊，小美人掌門……」

王小軍喝道：「要罵街就換我六師妹——你是打架還是罵街？」

余巴川臉色一沉，他縱橫江湖幾十年，還沒被人這樣指著鼻子挑戰過，就算有同輩高手看他不順眼，往往也只能指摘他氣量狹窄容不下人，從沒人敢說類似的挑戰言語，今天被一個小屁孩不耐煩地再三喝問，倒顯得自己多膽慮似的。

余巴川沉聲道：「你若接得住我十招，我就饒你一命。」

王小軍左掌一晃，右掌跟身進步已拍了出來。這一下別說別人沒想到，連江輕霞也吃了一驚！

「咦？」余巴川一眼就看出王小軍的招式氣象不同，他研究峨眉武功多年，深知峨眉派「綺麗繁複」的特點，這少年的掌法卻至拙疏直。轉念一想不禁好笑，什麼至拙疏直，無非就是底子粗淺罷了，看來自己是想多了。

他好整以暇地用手指點向王小軍右臂，滿擬封住他穴道再一腳把他踹飛，不想手指剛沾到對方皮膚就覺裡面骨碌碌地一轉，就像裡面全是滾珠，余巴川微驚，不禁道：「纏絲手？」

王小軍同時也領教了對手的厲害，他眼見著余巴川的手指點來，想躲愣是沒躲開，不自覺地運起纏絲手的功夫，把胳膊裡穴道經脈來回亂移，這才沒有被點中。

兩個人一招之後都對對方有了新的認識，余巴川原以為王小軍是山上哪個人的弟弟之類的親戚，最多在哪個武師那練過幾年拳腳，熱血少年想要英雄救美也不足為奇，沒想到他小小年紀就學會了纏絲手，心裡暗自揣測：難道趙念慈臨終前還收了一個關門的男弟子？

他心裡只是疑惑，自然也沒有把王小軍真正放在眼裡，他正面一突，伸手去拿王小軍的胸口。

「砰砰砰砰——」王小軍知道自己和人家有實力上的差距，不由分說雙掌狂拍而出，就像一個裝了蓄電池的整人彈簧娃娃，但凡有人靠近就胡彈亂炸。

余巴川氣不打一處來，以前只知村頭無賴打架有王八拳，今天終於見識到了，說是掌法吧毫無章法，可又雜又快，自己武林宗師的身分，別說被打中，就算衣角被沾上也丟不起人。

他飛身轉向王小軍背後，王小軍一擰身，照舊是一頓胡拍，余巴川終於耐不住性子，同樣以雙掌撲擊，就聽「啪啪啪啪」聲響不斷，兩人以快打快，也不知對了多少掌，王小軍猛地跳出圈外，抖摟著手道：「媽的，好疼！」

余巴川沒有追擊，只是靜靜地站在當地，這一回合下來看似高下已分，但他內心的震驚卻是無與倫比！

和這少年對了一輪掌，他只覺胳膊微麻，而且那麻勁是一圈圈呈漣漪狀往手臂上散去，這種情況他已多年未見。最叫他心驚的是：在青城派絕無人有此功力！

余巴川心裡晦暗發涼，他本想藉此役順順當當地挑了峨眉派，結果阻礙重重。韓敏也就罷了，面前這孩子不過二十左右，竟然能和他堂而皇之地並駕一時，長此以往，峨眉遲早要凌駕於青城派之上！

對於中途罷戰，王小軍沒有任何心理負擔，他既沒把自己當高手，甚至也不把這一仗歸為比武，打架而已嘛，這一輪招架不住了就先跑開，等歇一歇再接著拼命。

他也沒指望能打過對方，剛才那一撥狠拼，他手臂疼痛難忍，簡直像要斷裂一樣，這時只覺右臂和丹田之間絲絲熱力傳遞，居然有種暢快的感覺，但左臂就要差一些，似乎有層隔膜阻礙了內力的傳遞。

余巴川面色凝重道：「你……」

「看巴掌吧你！」王小軍覺得歇好了，晃動著雙掌主動撵了上來。

余巴川怒極欲狂，面前這小子，掌法不講規矩也就罷了，比武更不講原則，明明是你先逃開的，這會兒又得理不讓人地衝上來——早些年他也是那種漠視規矩的人，可起碼他還知道規矩是怎麼定的，但眼前這小子簡直就不知規矩為何物，他還是第一次見武功這麼高卻如此不要臉的人！

不過余巴川最終還是耐著性子等王小軍過來，剛才這小子一直在全力防守，余巴川要看看他進攻的套路如何。他深知有的武功門類專擅防守，一但進攻就會漏洞百出，峨眉派自古全是女人，在防守上自然有獨到的地方，他要抓的就是對方進攻的破綻！

王小軍右掌直擊，余巴川就勢一引錯開他的進攻路線，隨即用掌緣砍下，王小軍左掌像是早和右掌有過約定：你主外我主內，這會兒斜著一托，把余巴川的小臂架空，右掌回掃，他一招一式清清楚楚又蠻橫無比，透著「我只要出掌就只會進攻、我只要進攻你就必須防守」的霸氣。

這兩招看似粗狂，實則暗中又帶著千錘百煉的機警和精細，余巴川如果強力對抗本也可行，可他為了顯示自己在招數上更勝一籌，一心想用招式化解招式，他左肘抬起牽制王小軍回掃這一掌，趁著空門便去抓他咽喉，王小軍雙腿在地上一彈，整個人往余巴川懷裡跳去，左掌適時地擋在脖子前，同時右臂繼續回收，這招意圖很明顯：我要前後夾擊，把你和你想抓我的手一起拍扁！

兩個人交叉往來戰在一處，余巴川瞬間就發現：這小子哪裡是不會進攻，分明是只有進攻起來才更得心應手！

這時有人小聲地說了句：「已經三十一招了……」

這聲音極低的一句話讓全山瞬間安靜下來，余巴川和王小軍鬥了三十一招，按約定，余巴川已經輸了！

峨眉派弟子們這時紛紛佇立，把目光集中在場上劇鬥的兩個人身上，在眾多目瞪口呆的面孔中，峨眉四姐妹都是一般無二地看傻了眼！

韓敏勉力活動著還不大靈光的上身，緩緩走到江輕霞身邊，朝她遞來一個滿是疑問的目光，江輕霞只是緩緩搖頭，表示自己也搞不清狀況。

她教王小軍纏絲手之前也曾問過他根底如何，王小軍說他只練過鐵掌幫入門的功夫，透過平日的接觸，她看得出他對內力輕功一無所知，甚至連穴道都不認識一個，但今天再看卻根本不像他說的那樣，場上的王小軍內功明顯已有相當深的根基，而且招法精妙，哪裡是什麼只練過入門功夫的新手?!

自己這個掌門只憑別人一言一語就輕信不疑，實在是汗顏。想到這兒，江輕霞輕輕道：「敏姐，我……」

韓敏全神貫注地看著二人拼鬥，這時只道：「有什麼話以後再說。」

其實這真是江輕霞多想了，王小軍對她沒有撒一句謊，他只練過鐵掌幫的入門掌法這更是一點也不假，只不過他那個練法有點特別而已——三天打了二十七萬掌，後來又跟許多人交了手，打出去的掌加起來也有好幾十萬了，熟能生巧，就算個傻子也沒法不精妙；至於內力，那就是王小軍的特殊境遇了。

當初王小軍問段青青鐵掌第二重境如何突破，段青青告訴他，只要繼續不停地練習，這也不是敷衍。鐵掌第一重境所要求人做到的，就是擁有堅韌無比的身體和外功，繼續練習之後會由外而內的產生變化，那就是積聚起淺薄的內力！這時就自然而然地升級到了第二重境。

以王小軍的底子其實是無法突破第一重境的，但由於機緣巧合和幾分運氣被他蒙混過關，而他的身體默認他此時已經進入了第二重境，所以他在和唐缺動手的當天，其實就有斷斷續續的內力產生了，只不過因為他走火入魔，這些內力一直積聚在胳膊裡。

這也是鐵掌幫武功的特色之一，打底，生力，貯於丹田，有了這些根基，再正式學習內功就更能事半功倍。

於王小軍而言，那些內力就待在手臂裡，像本該儲藏在油箱裡的汽油跑進了車輪裡一樣，原因就是他急功近利的練法使得手臂內經脈焦灼阻斷了通路。上峨眉修習纏絲手後，他的經脈得以被慢慢盤活和修復，這些內力便順理成章地歸於丹田。

這裡要順帶一提的是：王小軍之所以能一天就練通纏絲手，除了堅韌的鐵臂帶給他的支持，更因為他手臂裡的內力在起作用，就如同剛才他練習左臂纏絲手被內力按摩而速成是一樣的道理。只是這一切王小軍自己無從知曉，江輕霞她們就更不會明白了。

這時唐睿指著余巴川大聲道：「你和我師兄已經打了四十招了，你還要不要臉？」

余巴川嘿然，剛才看到韓敏他已起了歹心，這時見到如此出挑的峨眉弟子，他當然不會再考慮什麼十招之約，換句話說，只要傷了王小軍，他就覺得這趟峨眉之行是值得的！

再有五招必定將這小子重傷在我掌底！對這點，余巴川有強烈的自信。

這四十招一過，他對對方的套路已有大體瞭解，王小軍雙掌一錯與他擦

身而過的當口，余巴川面露猙獰的笑容，按照對方呼吸的節奏和掌法的路數，他預測王小軍下一秒必然身子往左，結果果然如他所料！

「躺下！」余巴川厲喝一聲，手掌提前往王小軍要去的地方拍落！

王小軍大驚，這一招他確實落入彀中，但就在萬分危急之時，他眼中又出現了木人樁那根橫出來的樁手！

當初他苦練掌法，有一次體力不濟時腳下打滑，正好滑到了那根樁手下面，若要強行站起，頭頂勢必會受傷，當時不及多想，他順勢滑倒，用手掌在樁身上托了一把才站穩，嚇了一身冷汗。

此時此景，王小軍靈機一動，身子像條魚一樣游於半空，手掌則準備往余巴川小腹拍去。

但這樣一來，他身子直落速度加快，眼看手掌在觸及對方之前就要滾入塵埃，王小軍腦中電光火石地出現了郭雀兒寥寥的話語：「輕功就是對身體操控的功夫，很多時候我們覺得要失控了，其實還有大把補救的時間，只要你善於發掘！」

想到這兒，王小軍雙腿一擰，身子得以在半空中停頓了零點幾秒，就在這電光火石的一剎那，他的手掌已經拍上了余巴川的小腹。

「啪！」余巴川無奈之中還是和王小軍對了一掌，他不由自主地往後退了一步，眼睜睜地看著王小軍借力飄然遠去，有些狼狽，卻最終穩穩地站在了地上！

能在半空中還發出如此霸道凌厲掌力的，一定不是峨眉武功！余巴川忽然想起許多年前在武協大會上，讓他倍受屈辱的那一掌！

「這是鐵掌幫的功夫！」余巴川變色道：「你……你是王小軍！」

「咦？」王小軍撓頭道：「我現在這麼有名嗎？」

王小軍對余巴川的武學修為是由衷佩服的，能通過交手就認出對方門派的人，他都很佩服；對余巴川而言卻是懊惱無比，他早該看出王小軍不是峨眉弟子，只是纏絲手太具干擾力，他先入為主地認為這是趙念慈調教出來的後輩高手。

余二八九天以前就給他打電話，說自己和青城四秀等人失手，王小軍和一個中了青木掌叫胡泰來的下落不明。余二回山後被他好一頓訓斥，細問之下，得知王小軍被他大師兄所救，又為神秘人追殺，最後帶著胡泰來和唐門大小姐不知所蹤，余巴川也曾想過他們是否會為了解毒投奔峨眉，但峨眉向來不收男徒，二來，那纏絲手不是十天半個月就能學會的，所以他抱著萬一之想，在青城山上等著王小軍他們去跟他磕頭認慫。

此刻他認出了王小軍的鐵掌，再推算一下余二形容過的樣子，知道這必是王小軍無疑。

余巴川冷森森道：「鐵掌幫的人何時成了峨眉弟子了？」

王小軍身分一露，余巴川反而釋然了，在他心裡，王東來的孫子擁有這樣的實力很正常，這一切都源於多年前王東來的一掌。他至今清楚地記得，自己被從屋裡一個耳光抽到門外，然後王東來淡然地看著他的樣子。

他看著王小軍的時候，手指漸漸攥得發白，這種歷久彌新的仇恨和恥辱讓他看王小軍的眼神變得熾烈，剛才他以為王小軍是峨眉弟子的時候，只是想順手除掉一個隱患，現在他真正動了殺機！

王小軍卻輕鬆道：「鐵掌幫的人怎麼就不能加入峨眉？我在鐵掌幫待得無聊，現在跨個行又怎麼了？」

余巴川驚詫道：「這麼說你真的入了峨眉？」

他心裡的意外是千真萬確的，在武林裡，投入別派向來都是大事，更別說鐵掌幫和峨眉派這種大派。重點是王小軍身分敏感，知道鐵掌幫的人都自覺地把他當成鐵掌幫未來的幫主，放著好好的幫主不幹，去別的門派當一個入門弟子，這種事簡直匪夷所思。

當然，以余巴川的品性，絕想不到有人會為了朋友做出這種犧牲。

「也不知你那個老不死的爺爺知道了會做何感想？」余巴川幸災樂禍道，心頭隱然浮過一絲報仇的快感。

王小軍攤手道：「為什麼咱倆打架，你永遠是話多的那個？」

余巴川瞳孔一縮道：「接下來，我一定會廢了你的武功，打斷你的手腳，你還有什麼想說的，就提前交代了吧！」

王小軍無奈道：「打架不廢話，廢話不打架！」

江輕霞悚然一驚，開口道：「王小軍你快回來，別跟他打了。」作為武協六大常委之一，王東來和余巴川的舊事她當然是聽師父說過，這時想起這個關節，知道余巴川說的絕不是狠話而已。

王小軍頭也不回，只是背對著江輕霞揮了揮手示意她放心。

江輕霞發急道：「快準備布下劍陣！」

一名弟子歉然道：「掌門，有好幾個師姐穴道未解，別的師妹一來沒有和我們配合過，主要是功力不純，恐怕不能發揮劍陣的威力。」

江輕霞手握長劍，無措道：「那……那我……」看樣子是打算找時機下場去幫王小軍。

韓敏忽然伸過手來握住她的手腕道：「掌門，現在唯獨你不能出事，你要是出事，峨眉就真的完了。」她隨即吩咐弟子們道：「一會兒王小軍一旦敗了，你們立刻保護掌門從大殿後門離開，這邊的事我來善後。」

江輕霞意外道：「敏姐，你穴道解開了嗎？」

韓敏不置可否道：「拼死拖住一個人還是可以的。」

唐思思滿手冷汗地看著場上兩人，右手裡死命攥著一個青果。她深知在這個級別的決戰中，她的暗器基本和場外觀眾的助威聲差不了多少，主要起個混淆視聽的作用，她最擔心的是誤傷了王小軍。

吳姐坐在地上揉著腿，忽然抬頭對她說：「你挑個圓的！」

唐思思頓悟，把手裡的幾個青果挑來揀去地看著……

這時，王小軍和余巴川已經動上了手！

這兩人對彼此都有著一腔怨恨，對余巴川而言，王小軍是他的仇人之孫，只要打殘他，對王東來就是最好的報復，甚至勝過自己親自去挑了鐵掌幫！對王小軍來說，自己明明好端端地享著清福，是對方的野心搞得自己流離失所，還每天起得比雞早睡得比雞晚的，所以兩人一上來都是拼命的架勢，全拿出了十分的本事！

但是，嚴格說來，王小軍是沒資格跟余巴川拼命的，就像一隻兔子在老狼面前奮力反抗，也只能歸結為垂死掙扎而已，兩個人實力相差太遠，剛才之所以王小軍能支持四十招，是因為余巴川想兵不血刃的解決問題，這會兒仇人見面分外眼紅，他再不顧忌別的，每一招都是力大招沉的殺手，王小軍只覺對面的攻擊山呼海嘯地一波波襲來，自己的一對手掌在風雨中飄搖不定，說不定什麼時候就會被淹沒。

在第十三招上，王小軍一個踉蹌之後，後背全部暴露在余巴川眼前，饒是他急中生智地右掌斜插肋下拼死回擊，也只是在做無用功罷了，余巴川高高舉起手掌，只要他手起掌落，王小軍是生是死，就在他一念之差下了。

但是結果誰也沒有想到，余巴川只是狠狠把王小軍推了出去，王小軍一溜踉蹌，背上痛徹心扉，但也知道這是余巴川手下留情了，不說別的，就算憑他的掌力要想重傷一個人也不是難事，余巴川究竟為何沒痛下殺手？

眾人也是疑惑不解，兩個人卻又在瞬間戰在一處。

原來，余巴川心裡轉著一個誰也想不到的念頭——這是他窺探鐵掌幫秘訣的絕佳機會，王小軍招式可說精妙，但內力和經驗都不足以對他構成威

脅，多和他打一會兒就能多看幾招鐵掌的招法！

他起初和王小軍打了幾十招都沒看出他的身分，就是因為他其實對鐵掌的套路並不熟悉。當年王東來把他從屋裡痛毆出去，也不過用了寥寥幾招而已，這些年來他懷恨在心，一直暗自揣摩復仇的機會：加上自己功力日深和王東來日漸衰老的因素，再加上有人言之鑿鑿地透露王東來已經走火入魔的消息，他最終也心裡沒底，所以才派了余二和青城四秀去試探。說到底，他缺乏對付鐵掌幫的第一手資料，今天則是天賜良機！

余巴川想到這兒，不再用大力狠拼，而是一概用刺探手法騷擾王小軍，有時甚至會主動餵招過去，就是要看在不同情況下鐵掌的變化。

韓敏立時看出其中的關竅，喝道：「小軍，他在偷看你的招式！」

對這點，王小軍其實無所謂，無論是想把秘笈贈送給胡泰來、還是面對楚中石的多次明盜暗偷，還是此刻余巴川別有用心地偷窺，鐵掌並不怕給人看，這是王小軍在突破第一重境後的感悟，鐵掌幫的基礎掌法雖然只有三十掌，但是每一掌都可以隨心隨形變化，每一掌都可以負責攻又可以兼具守，你照著秘笈打完幾十萬掌，心裡就會有幾千萬新的掌法生出來，這是一個幾何倍數的遞增，況且，一種武功怎麼可能永遠保密呢？怕給人看的那是豔照！

但既然余巴川的目的是這個，王小軍就偏不遂他心願，對方這招過來他這麼對應，那招過來還是這麼對應，余巴川被人叫破了心思，這會又見王小軍耍起了賴，不禁惱羞成怒，他加快三分節奏和力量，一定要逼得王小軍把鐵掌的精義都施展出來，誰想鐵掌就有這點好處，你不肯動腦子的話，一招也可以應付，眼看余巴川花樣百出費盡心機，王小軍卻只是半死不活地瞎比劃，峨眉弟子們也無不好笑。

·第九章·

致命對峙

余巴川剛要用重掌逼退王小軍，卻見對方腳下一滑，然後順勢往一棵樹幹上靠去，余巴川心臟狂跳，他雙臂前後一錯，左臂去拿王小軍肩上的穴道，右掌則狠命地往他脖頸上砍落，韓敏等人大驚失色，眾人只有一起閉上了眼！

唐睿大聲道：「余老頭，你說峨眉派有人能接住你十招你就認輸，你和我師兄已經打了八十多招了，你說的話還算不算數？」

余巴川沉著臉默不出聲，心裡卻越來越怒，一分神的工夫，他左腰上便露了一個空檔出來，這也是余巴川太大意了，他料定王小軍和他相差太遠，漫不經心下犯了個極低級的錯誤，王小軍自然不會放過這個機會，他右掌一晃，吸引開余巴川的注意，左掌運足勁往他左腰上拍落。

就在剎那間，他只覺左臂稍稍一滯，由此慢了零點幾秒的時間，余巴川何等機警，瞬間掠開，心中也是一陣害怕！這一掌如果拍實了，就算不受傷，短時間內靈活度也必受影響，不由得對王小軍又痛恨幾分。

王小軍失手後，懊悔得直跺腳，他之所以沒能抓住機會，就是因為左臂裡還有一條經脈沒通，內力不能像右臂那樣順暢，他忽然大聲喊道：「二師叔！」

韓敏愕然。

王小軍繼續大聲道：「最後一招該怎麼練？」

他這話問得突兀，別人自然是滿頭霧水，韓敏卻立刻就懂了，她想了想，默不作聲地在左手大拇指上按了一下，又順著手臂一路按上去，如此重複了幾次。

「懂了！」王小軍問的就是左手最後一條經脈的位置，韓敏已經給出了提示。

余巴川冷笑道：「現在才學武功不嫌晚嗎？」

王小軍左臂四條經脈已通，這時操控四脈在未通經脈四周盤旋，他一邊和余巴川大打出手，一邊暗自開脈，五條經脈或通未通，就像轉輪手槍轉膛一樣，與此同時，全身內力幾乎都集中在這裡，裡應外合之下，就覺一股沛然的新生內力橫空出現在左臂裡，然後徑直流向了丹田。

王小軍精神大振，喝道：「打你現學就夠！」

余巴川見他眼光忽然清亮了幾分，說話聲音嗡鳴帶回音，這都是功力大進的表現，不禁斥道：「故弄玄虛！」

余巴川的手掌和王小軍的對在一起，接著臉色大變，那種漣漪震盪波再次直鑽手臂，而且王小軍的掌力明顯比剛才漲了快一倍！

王小軍連退幾步，除了手掌生疼之外，竟然胸懷大暢，只覺渾身再也沒有半點窒礙，像是被綁了一個多月的人忽然鬆開了繩子，同時丹田裡的內力像漲潮一樣快速湧動，這幾天積累的疲憊都被一掃而光！

原來王小軍一直沒通的那條經脈是大拇指的手太陰肺經，這條經脈是胳膊裡的主幹道，這條主幹道一通，蘊藏在左臂裡的內力才得以和右臂的內力在丹田裡融會貫通，余巴川自然會覺得王小軍的掌力憑空漲了一倍。

王小軍想不明白這許多，有一點卻是明白的——那就是他身體的毛病沒有了，內力增加了，以前只是想拖延時間抬槓打岔，現在可以放手一搏了！他就像一隻被解放的年輕獵豹一樣衝向余巴川，再也顧不上什麼洩密、什麼隱忍，暢快淋漓地揮動著雙掌大戰余巴川！

兩個人這一戰翻翻滾滾打得劇烈無比！王小軍舞起兩條加持了纏絲手的鐵掌，往往一秒之內就打出十七八掌，余巴川若是硬接自然也接得住，可這就又回到了他擔心的那個問題——他身周還有百人環伺，只要出一點差池恐怕就難以全身而退。這時他才深覺後悔！

剛才他明明有秒殺王小軍的能力的，現在從局面上講，他仍然佔有很大優勢，但從秒殺到佔有優勢，這其中可是差了很多！

冬卿受傷後半倚半靠在一張椅子裡，這時咳嗽兩聲道：「王小軍有這樣的功夫，若不是為了給胡泰來解毒，其實也不用拜入我們峨眉門下。」

韓敏只是淡淡道：「未必。」她已看出了一些門道卻不說破，隨即靜靜地說了句，「若王小軍真是我們峨眉弟子那就好了。」

郭雀兒揉著肩膀道：「他明明就是啊。」

韓敏微微搖頭，卻不再說話。

余巴川久戰王小軍不下，也不知是發急還是年老體衰，腳下一個踉蹌，身子一擰，把側面的空檔全露給了王小軍，他看似為了保持平衡，把雙臂下意識放在身後，圍觀的所有人都暗道這是個好機會，連韓敏的眼睛裡都放了光。

誰知王小軍不但不趁機進攻，反而穩穩地站在了原地，余巴川疑惑地看了他一眼，王小軍索性抱著肩膀嘿嘿一笑道：「我不急，等你站穩再打。」

余巴川哼了一聲，飛身再上，二人才又戰在一處。兩個人已經打了兩百招有餘，可以說前一百招，余巴川是有各種機會終止戰鬥的，但後一百招隨著此消彼長，他已漸漸感到吃力。

余巴川心下一陣惘然，此次看來要無功而返，他已準備收場了。好在此番前來也不算鎩羽，傷了峨眉三名高手不說，還差點抓住她們的掌門；至於王小軍，他回去之後自然要加油添醋地把鐵掌幫和峨眉派如何勾結大加渲染，鐵掌幫名聲掃地也算是意外收穫。

想到這兒，他便決定要說幾句漂亮話，然後大搖大擺地下山，他相信他要走，沒人能攔得住他！

余巴川這一走神，兩個人從殿前的青石地上輾轉到了旁邊小樹林裡的泥土地上。

峨眉山上終年霧氣繚繞，泥地上十分潮濕難行，余巴川剛要用重掌逼退王小軍，卻見對方腳下一滑，然後順勢往一棵樹幹上靠去，余巴川心臟狂跳，沒想到這絕佳機會終於還是給自己等來了！

他雙臂前後一錯，左臂去拿王小軍肩上的穴道，右掌則狠命地往他脖頸上砍落，韓敏等人大驚失色，唐思思想發暗器，卻發現自己和王小軍之間有叢叢的樹木擋著，眾人只有一起閉上了眼！

在整個過程中，王小軍始終帶著玩味的笑，他見余巴川撲上前來，忽然以左掌猛擊右掌肘關節，雙腿橫邁，身子一探，右掌瞬間伸長，「啪」的一聲打在了余巴川的胸口，余巴川眼中的驚怒簡直要噴薄而出！

自己著道全是因為王小軍這一招怪掌，而這一招掌法的發明者正是自己，他這些年來苦心孤詣地鑽研出一套以各種機巧取勝的掌法，甚至連名字都沒來得及取，前些日子才親筆繪畫成冊，連青城四秀都沒讓知曉，只給了自己的親弟弟余二，並且再三囑咐他，這是自己兄弟保命揚名的底牌，千萬不能傳於外人，誰想在小樹林裡居然見到王小軍絲毫不差地使出來！

其實王小軍用的這一招，他剛才也當做誘餌拋出過，但王小軍沒上當，誰也沒想到這小子時隔幾分鐘後來了個請君入甕，余巴川不相信世上有這麼巧的事，這套掌法自創立出來後還沒公之於眾過，第一次亮相就替對方先立了一功！這叫余巴川如何不怒？當下厲聲道：「你是怎麼學會這套掌法的？」

王小軍只是笑笑不搭腔，說話間兩人又交上了手，余巴川再也不顧場合，雙掌掛著畢生所聚的功力向王小軍轟去，誰知就在這時，他的腳下也不知是踏中了什麼，身子沒來由地一彈，呼地被彈上了半空，隨之雙掌上的力道也送給了空氣，這些都不要緊——最要緊的是他前胸小腹都暴露在了王小軍面前！

「啪！」王小軍毫不客氣地一掌打在他小腹上，余巴川一口鮮血狂噴而出，他先是表情猙獰，忽又露出了恐懼之色，不待雙腳落地，十指拼命抓進半空中的樹幹，就像猿猴一樣在樹叢之間攀躍疾行，如此凌空逃竄出十多丈

之外這才落地，然後竟頭也不回地跑下山去了！

良久之後，半山腰上傳來了余巴川憤懣難抑的聲音：「好！王家人很好！」

「還用你誇?!」王小軍翻了個白眼拍拍手，衝樹林外的人群喊了一聲：「誰能告訴我，我這是不是就算贏了？」

直到王小軍開口喊話，峨眉派站在後面的弟子都不清楚發生了什麼事，她們只隱約看到樹林裡有一個人狼狽逃竄，看背影依稀是余巴川，正在疑惑間就聽前面幾十人齊聲歡呼。

王小軍一愣神的工夫，唐睿和七師妹已經一左一右地抓住他的胳膊，一個問：「師兄你沒事吧？」一個道：「師兄你好厲害！」接著是無數的師姐師妹湧進來把他圍在中間，個個噓寒問暖關懷備至。

王小軍身處一群年輕女孩之間，就像男明星被女粉絲環繞，不禁醺醺然，唐思思本想上前祝賀，見了他那副德行，遠遠地翻了個白眼。

韓敏徑直走過來看了看地上的那灘血，問道：「小軍，你沒受傷吧？」眾人見二師叔來了，急忙稍作收斂，紛紛退開了幾步。

王小軍一笑道：「沒有。」他此時才覺兩條胳膊陣陣酸麻，丹田內力緩緩歸流，就像經過鏖戰的軍隊一樣疲憊不堪，這場劇鬥如果不是臨時練通了左臂上的纏絲手，可能不用余巴川打，身體早就累垮了。

這時江輕霞慢慢走過來，板著臉道：「王小軍跟我們走，其他弟子都散了吧。」說著一扭頭就往大殿裡走去。眾弟子看掌門如此說，均感愕然。

唐思思不知江輕霞找王小軍所為何事，不由往前湊了兩步，江輕霞神情溫和道：「思思，你也在外面稍候吧。」

「哦……」唐思思隱然覺得哪裡不對，卻不好再跟著了。

王小軍跟著峨眉四姐妹走進大殿，他心裡也十分迷惑，不知道江輕霞要跟他說什麼。剛進門口，就聽江輕霞背對著他道：「你騙得我們好苦啊，王少俠！」

王小軍納悶道：「我騙你們什麼了？」

江輕霞霍然轉身，目光灼灼道：「你明明身懷絕技，卻說你什麼武功也不會，這算不算騙？」

王小軍不知該如何作答，撓頭道：「絕技？這種東西從來跟我沒關係，我就差身懷有孕了，絕技肯定沒有。」

郭雀兒想笑，但見每個人都是一臉嚴肅，只好勉力忍住。

江輕霞嬌聲道：「余巴川上峨眉作威作福，我們姐妹束手無策，你一出手就旗開得勝，如果這都不算絕技，那我們姐妹就更不值一提了？」這姑娘天生有股風情款款的氣韻，這時雖是發脾氣，語調仍是一副嬌嗔的樣子。

王小軍抖手道：「冤枉，我可沒說我什麼武功都不會，我早跟你坦白過了，我學過鐵掌幫的入門掌法。」

江輕霞惱道：「好呀，鐵掌幫的入門掌法就強到如此地步，峨眉派收你這鐵掌幫少幫主為徒，那是自不量力了！」

「輕霞！」韓敏皺了皺眉，也覺江輕霞說話沒輕沒重。

王小軍苦著臉道：「師父你這是怎麼了，咱們是一家人啊。」

「我可不配當你師父！」

王小軍嘆口氣道：「我不知道該說什麼了，總之我沒騙你，鐵掌幫的掌法我是後來自己看圖練熟的，沒上峨眉之前，我也跟青城四秀交過手，打阿四還行，阿一就打不過了，今天能打跑余巴川我也沒想到，要硬說我有絕技，這絕技也是上了峨眉以後學的。」

「真的？」江輕霞疑惑道。

「自然是真的，我怎麼敢騙師父你呢？」

韓敏忽道：「小軍，你以前練過內功嗎？」她眼光畢竟高人一等，隱隱猜測到了一些真相。

說到這個，王小軍眼睛一亮道：「對了，二師叔不說我還忘了——自從我練了纏絲手以後，就發現自己內力突飛猛進——你們管那東西就叫內力吧？」

峨眉四姐妹面面相覷，纏絲手她們都練過，這只是一種普通功夫而已，練纏絲手會增加內力，她們聞所未聞，這種話簡直就是當著駭客的面拿消毒水給軟體殺毒一樣可笑。但她們自然想不到纏絲手對別人來說是一門功夫，對王小軍來說卻像是打開了軍火庫的大門，韓敏眼光再高，也無法揣摩自己想像不到的事情。

王小軍想了想又道：「不對，不是增加內力，而是產生內力——我沒練纏絲手以前，一點內力也沒有，練通了起手式以後，就發現有內力流進了丹田。」

韓敏衝江輕霞微微點頭，表明她是相信的，剛才王小軍大戰余巴川中途內力大增，她也看得出來，雖然不明白其中道理，但判斷得出王小軍沒說

假話。

江輕霞咯咯一笑道：「原來是我錯怪你了。」

江輕霞接著道：「好了，小軍的事說完了，還有一件事我要宣布。」

郭雀兒很少見她這樣認真的樣子，好奇道：「什麼事？」

江輕霞忽然道：「自今日起，本人將辭去峨眉派掌門的位子，並傳給韓敏，特此宣布，即刻生效！」

屋裡眾人大驚，韓敏叫道：「輕霞你幹什麼？」

江輕霞朝她淡淡一笑道：「敏姐，這個掌門還是你來當吧。」

韓敏鐵青著臉道：「你發什麼神經？」她從來和氣有加，這回是真發了脾氣。

江輕霞淡淡道：「剛才當著所有弟子的面，我丟了那麼大的醜，幾乎陷峨眉於被動，又連累你和雀兒受傷，這個掌門我是實在沒法再當了，余巴川或許說的也有一定道理，師父是看我長袖善舞才選我當掌門的，可是在江湖行走，靠的是實力，峨眉派不能永遠懷柔整個武林！」

冬卿咳嗽道：「掌門，余巴川那種人的話你怎麼能當真……此事事關重大，咳咳……」

郭雀兒像個嚇傻的孩子一樣看看江輕霞又看看韓敏，全無了平時的機靈。

「放屁！」韓敏怒道：「你要是因為聽了余巴川的胡言亂語就做出這樣的決定，那就真的是親者痛仇者快了，輕霞，咱們四姐妹從小跟著師父長大，你受了這種挑撥的話自暴自棄，就是置咱們姐妹的情分於不顧，那我就真的要對你失望了。」

江輕霞苦笑道：「這還用別人挑撥嗎？我自己心裡清楚，敏姐你威望武功都比我高，當初我接任掌門的典禮上，門人和別派長輩就多有疑問，甚至有人懷疑是師父在彌留之際糊塗了，才張冠李戴讓我頂替了你，這一年多，你知道我頂了多大的壓力嗎？」

韓敏神色木然道：「所以你就為了這點壓力要撂挑子不幹了嗎？」

江輕霞道：「不是不幹，是我真的幹不好。」

韓敏哼了聲道：「好，那我問你，當初峨眉只有我們四姐妹的時候，咱們和師父五個人只能住在一間破舊的磚房裡，靠著山下微薄的房租過活，是誰在短短幾年時間裡讓幫產不斷升值？師父只教授我們武功，其他的既不懂也不管，是誰一磚一瓦建起了現在的峨眉？是誰摒棄了很多成規陋俗廣招門徒，讓峨眉派重新屹立於世間？」

冬卿在一旁道：「我說句公道話，峨眉派現在等同一所學校，既然是學校，就得有人做校長，有人做教授，大師姐做校長是最合適不過的，二師姐就是咱們學校的招牌，至於我和雀兒，兢兢業業當個系主任就算了不得了。」

郭雀兒也附議道：「是啊，要是沒有掌門師姐，我們幾個恐怕至今還是蓋著一席被、頭頂三縷草的村姑。」她一句話說得眾人忍俊不禁。

江輕霞咬牙道：「可是……」

韓敏語重心長道：「我知道你委屈，到了你這個位置，年輕貌美都是錯，世人只知道峨眉有個四大美人之一的掌門，卻不知道是她一手振興了峨眉，難道你要為了這一點委屈放棄峨眉，放棄我們姐妹嗎？你想想看，如果讓我去跟人談商業上的事，我還不得三言兩語就讓人騙得賠個精光？」

江輕霞聽了道：「說到底，我只是個會做買賣的人罷了。」

韓敏一本正經道：「不，用現在的話說，你這種人是天生的管理型人才。」

江輕霞認真道：「要不這樣，掌門你來做，以後我專門負責對外業務。」

韓敏決絕道：「這種話以後再也不要說了！峨眉只能有一個掌門，我只承認江輕霞。」

「可是……」江輕霞還想說什麼。

韓敏道：「你記得你說過的一句話嗎？峨眉現在在風口浪尖上，如果我們姐妹再不團結，峨眉派就真的沒有出頭之日了！」

江輕霞眼圈一紅道：「敏姐，我對你有愧。」

韓敏一笑道：「什麼愧不愧的，我這人性子直，常常不分場合的讓你下不來台，這一點我自己清楚，以後我多注意，你們也時常提醒我，要是還沒忍住，你就當我不存在好了！」

王小軍幽幽道：「說得對還是要聽的嘛。」

江輕霞破涕為笑道：「你怎麼還沒走？」

眾人見她來得也快去得也快，不禁啞然失笑。四姐妹經此一役同心同德，再無心結。

王小軍尷尬地搓手道：「我是早該走了，你們要開內部會議打聲招呼嘛。」

韓敏忽道：「你還不能走。」

「二師叔還有事兒？」

韓敏道：「今天你打跑余巴川，替峨眉排解了一次危難，我們還沒謝過你。」

王小軍錯愕道：「這是什麼話，難道我不是峨眉派的？」

韓敏衝江輕霞遞個眼色，姐妹倆心意相通，江輕霞微微點了點頭，對王小軍道：「王小軍，我以掌門人身分通知你，即刻起你被開革出峨眉派，以後你再不是峨眉弟子，峨眉派有任何事也與你無關。」

王小軍吃驚道：「為什麼？」

冬卿面無表情道：「其中原因你自己想。」

王小軍攤手道：「開除我總得有個原因吧？」

江輕霞假意惱怒道：「你把峨眉的纏絲手教給外人，這難道還不夠嗎？」

「呃……」王小軍沒話說了。

郭雀兒道：「你還搶同門的早點！」說到這她再也忍不住咯咯地笑出了聲。

江輕霞鄭重道：「既然王小軍已經不再是峨眉弟子，他身為客人，幫我們峨眉化解了危機，咱們也要有所表示。」說著向王小軍俯身鞠了一躬，韓敏和郭雀兒跟著江輕霞也都垂首彎腰，連冬卿都掙扎著站起隨同眾人一起鞠躬。

王小軍暗暗地嘆了口氣，知道這是峨眉派的一份善意，他作為鐵掌幫的弟子，加入峨眉必定會被江湖人所笑，自己的爺爺和老爹也不會輕易饒過他；另一方面，峨眉四姐妹也不願意再沾他的光，把他開除出派，以後峨眉有什麼事，他也就沒有義務再出手幫忙了。

當初他是為了學纏絲手給胡泰來解毒才拜江輕霞為師，現在纏絲手學會，人家不求回報地又放他出派，這份人情可欠大了。

王小軍也是深深鞠躬道：「多謝大家的美意，我建議咱們都起來吧，三師叔又流血了——你趕緊下山掛個急診看一看去吧！」

冬卿擦了擦嘴角上的血，勉強一笑道：「以後你可不能再喊我師叔了，王少幫主。」

王小軍擺手道：「可別這麼叫，鐵掌幫是按武功強弱排繼承的位次，以前我是第四順位繼承人，你們以後還是叫我小軍吧。」

江輕霞嬌笑道：「你現在今昔非比，回去以後怕是要提前成為第一順位繼承人了吧？」

韓敏瞪了江輕霞一眼，心說這妮子怎麼商場上精明無比，一旦處身江湖，說話就白癡起來，你說王小軍有資格成為第一順位繼承人，那不是說鐵

掌幫再沒別的高手了嗎？這話要傳到鐵掌幫別的人耳朵裡，恐怕又是一樁是非，看來以後還得對她多加教導。

韓敏打岔道：「小軍，你在樹林裡敗中取勝那一招很妙啊，是靈機一動呢，還是早有計劃？」

王小軍笑嘻嘻道：「說到這個，我還有份薄禮送給你們。」說著，他從兜裡掏出那本薄薄的冊子扔給韓敏道：「這是我在余巴川的弟弟那兒找到的，上面全是一些鬼鬼祟祟的掌法，你說的那一招就是從這學的，余巴川作繭自縛，所以才氣得冒泡，這冊子就送給你們，以後再見了余巴川也好有個防範。」

韓敏翻開了幾頁，神情為之一動道：「這裡面可不全是鬼鬼祟祟的掌法，有很多堪稱精妙，這個余巴川說來也真是不簡單，可惜就是不走正路。」她抬頭道：「這上面的招式你都學會了嗎？」

王小軍道：「大體有個印象，還沒來得及都學。」

「那你給了我們，你怎麼辦？」

王小軍脫口問：「你們有影印機嗎？」

第十章

男神？瘟神？

王小軍得意洋洋道：「可能你還沒注意到，我現在已經是男神了。」說著，他朝路過的一個女孩點頭微笑，那女孩瞟了他一眼走開了。

胡泰來強忍著笑道：「是瘟神吧？」

王小軍寵辱不驚地看看表說：「走吧，吃飯去。」

當王小軍剛走到大殿門口，就聽全山的喇叭一響，然後江輕霞用很古怪的聲調宣布：

「通告，由於特殊原因，我宣布將峨眉弟子王小軍開除出派——」

王小軍愕然回頭，見江輕霞正拿著擴音器朝自己揮手，王小軍無奈地聳了聳肩膀；江輕霞又煞有介事地說：「雖然他已不是我們的同門，但還是我們的客人，大家見到他之後不能失了禮數……」

唐思思見王小軍出來，急忙從臺階上站起來道：「江輕霞她們找你什麼事？」

王小軍指了指喇叭：「開除我唄。」

「為什麼呀？」唐思思急了。

王小軍站在原地道：「你希望我永遠是峨眉萬花叢中的一點綠啊？」

唐思思瞬間恍然：「她們也是為了你著想。」

這時全山都迴盪著江輕霞的聲音，王小軍惆悵道：「咱們可欠下一筆人情了。」

「彼此彼此嘛，她們教了你纏絲手，你幫她們打跑了余巴川，鐵掌幫和峨眉派跨界合作，這叫與人玫瑰手有餘香。」唐思思嘿嘿一笑道，「成為男神的滋味怎麼樣？」

「男神？」王小軍納悶。

唐思思小聲道：「你沒發現嗎，全山的妹子都在看你耶。」

王小軍馬上手搭涼棚假裝看天，實則鬼鬼祟祟地四下張望，只見女孩們或單身、或三倆成群地也往自己這邊窺探著，王小軍頓時擠眉弄眼道：「誒別說，真的是耶！怎麼光看，一個上來搭訕的也沒有啊？」

唐思思笑道：「我在這兒她們不方便嘛。」

「那你怎麼還不走？」

唐思思翻個白眼道：「你這個見色忘義之徒！我要去餐廳了，你自己把妹吧。」說著真的走了。

王小軍整理了一下頭髮，正要往一群看著自己笑咪咪的妹子堆裡湊，就見胡泰來從遠處飛奔而來，一邊大聲道：「小軍！小軍！」

他喘著氣跑過來，上氣不接下氣道：「到底出什麼事？你為什麼被開除出峨眉啦？」

王小軍打量他一眼道：「你這一整天都在幹嘛啊？」

「逼毒啊。」胡泰來不明所以地道。

「那就難怪了，余巴川剛才來過了你知道嗎？」

「什麼？」胡泰來大吃一驚。

「你先把氣喘勻了再說話——他已經被我打跑了。」

「什麼？」胡泰來大吃二驚。

王小軍把自己怎麼和余巴川大戰了兩百多招的事爪頭到尾講了一遍。胡泰來聽得咋舌不已，又是神往又是惋惜道：「可惜！我居然沒看到！我聽說你被開除出峨眉，還以為出了什麼事，就趕緊下來找你了。」

「先不說這些了，你的毒逼得怎麼樣了？」

王小軍說著，往胡泰來右臂看去，不看則已，一看頓時嚇得幾乎跳起來——胡泰來的右手如今漆黑發亮，就如同用一塊石墨雕成似的！

王小軍叫道，「怎麼變嚴重了？」

胡泰來示意他放鬆，笑道：「以前毒在整個手臂，現在都被我逼在手上，自然看起來愈發黑了。」

王小軍細看才發現果真如他所說，胡泰來的手臂已經基本恢復了常色，只是右手像在濃墨裡浸泡過似的。

「那你準備怎麼把毒逼出來？不能就讓它待在手裡吧？」

胡泰來道：「還沒想好，我琢磨著要不要開個口放血。」

王小軍擺手道：「慎重，你這手上全是毒，開個口子一旦感染就麻煩了。」

「說的是呢。」

王小軍道：「要不我再去問問江輕霞，你等著。」

胡泰來道：「你都已經被開除了，再去問這個不合適！」

王小軍無語道：「你怎麼滿腦子全是陋習陳規，大不了我再拜她為師，問完了再讓她開除一次不就結了？」

胡泰來笑道：「你怎麼滿腦子全是投機取巧？事情都到了這一步，自然是自己想出來比問人更有意思。」

「你現在有心情玩啦——咦？」王小軍忽然道：「自從你練纏絲手之後，是不是就再也沒練過拳？」

原來他發現胡泰來無意中把右手攥成拳抵在一棵樹上，而被他拳頭劃過的地方則留下淺淺的一道黑色印跡。

胡泰來一看也嚇了一跳，疑惑道：「你是想讓我把纏絲手的功法用在拳頭上？」

王小軍點頭。

「好！」胡泰來興致勃勃地在樹前蹲好馬步，緊接著一拳打在樹幹上，拳頭離開之後，白色的樹皮上便留下一大灘黑色的斑，王小軍看得有門，道：「加油，快點打！」

胡泰來依言數十拳砸在樹上，每一拳下去樹幹都黑幾分，他的拳頭則顏色不住變淺，胡泰來越打越起勁，到了第三十拳過後，他的手已經變成灰白色，那棵樹大約有十多公分粗，此刻被打得忽悠亂顫。

胡泰來好久沒這麼痛快地揮拳，打得興起，運上全部功力猛擊而出，只聽噗的一聲，他的拳頭直搗進樹幹裡，深沒至腕！

這一拳下去，王小軍和胡泰來都大為震驚，別說中毒後，就算老胡以前都沒這麼強的力量！

胡泰來緩緩拔出拳頭，王小軍道：「老胡，你最近是不是吃大補的東西了？」

「沒有啊……」胡泰來半天才反應過來王小軍又在胡說八道。

被胡泰來拳頭打過的地方，除了有一個大洞以外，周圍的樹幹都呈現出一種皴裂的狀態，胡泰來湊上去仔細觀察著，發現這些皴裂以極細密的螺旋狀排列，疑惑道：「難道這是學了纏絲手以後的正常情況？」

王小軍納悶道：「纏絲手有助長威力的功效嗎？」

胡泰來忽然恍然道：「我明白了！」

「你明白什麼了？」

胡泰來道：「我聽說子彈從槍膛裡飛出來以後也是旋轉著前進的，這樣才能盡可能保持直線和遞增力量！」

王小軍道：「我也知道，你是意思是……」

胡泰來分析道：「如果我的拳頭是子彈的話，那纏絲手就是膛線，它改變了我拳頭的前進方式，加了一道螺旋力。」

王小軍道：「你老說我偽科學，你這話有根據嗎？」

胡泰來又是一拳打在樹幹上，拳頭再次陷了進去，胡泰來又驚又喜地看著自己的拳頭，慫恿王小軍道：「你也試試。」

「神經！」

王小軍也沒多想，隨手一掌拍在樹幹上，不料那樹喀擦一聲從中斷裂，接著嘩的一下倒了下來，兩人嚇了一跳，急忙躲開。再看斷裂處，木紋扭曲，看著極為慘烈。

王小軍不可置信地看著自己的手掌，喃喃道：「還真是這樣！」

他和胡泰來對視了一眼，也不知是該驚還是該喜，他們只顧著學纏絲手，沒想過纏絲手從來不是為了解毒而生的，它是一種武技！

胡泰來欣喜道：「你的掌法也大成了！」

王小軍舉著手掌忽然發愣道：「這麼說，余巴川一直在抵受著我這樣的掌力，還能遊刃有餘地跟我打這麼久，那他的本事就更恐怖了——要是我沒練纏絲手，十個也打不過余巴川！」

胡泰來道：「其實我也納悶，以你們的差距，可不是練個纏絲手就能彌補的。」

王小軍茫然道：「我總覺得余巴川最後敗得蹊蹺，難道他是為了給自己找個臺階下，假裝打不過我才跑的？」

胡泰來無語道：「這叫什麼臺階？你以為他跟你一樣不在乎臉面啊？再說，就算是這樣，也不用吐一口血再跑吧？」

王小軍無力地搖搖頭，最終也想不通，他抓起胡泰來的右手端詳著，見除了略有些灰白外已經基本復原，兩個人加上唐思思這些日子輾轉奔波全是為了這事，這時餘毒盡除，二人都是說不出的暢快。

胡泰來四下張望道：「思思呢？她知道了這個消息一定也很高興吧？」

王小軍拿腔拿調道：「老胡啊，喜歡一個女生你就得去追，去表示，藏在心裡憋著，人家是不會主動愛上你的！」

胡泰來臉上變色道：「你什麼意思？」

「思思啊，你不是喜歡人家嗎？」

胡泰來大驚失色道：「你可別胡說！」

王小軍失笑道：「我怎麼胡說了，明眼人早就看出來了好吧，自從曾玉出現以後，你就奇奇怪怪的，然後一個說要走，一個不去送，膩膩歪歪的，你以為我是瞎子啊？」

胡泰來憂慮道：「那你說思思看出來了嗎？」

王小軍托著下巴道：「這個我就真不知道了，男追女隔座山，你又是個木頭腦袋，不過她挺關心你是真的。」

胡泰來進退兩難道：「我師父讓我先成名後成家，說三十歲以前不讓我考慮這些。」

王小軍無語道：「你師父這是什麼過氣理論，現在都講究該出手時就出手，莫等閒，白了少年頭！」

胡泰來擺手道：「先不說這些了，你什麼時候成了感情專家啦？」

王小軍得意洋洋道：「可能你還沒注意到，我現在已經是男神了。」說著，他矜持地朝路過的一個女孩點頭微笑，那女孩瞟了他一眼，遠遠地走開了。

胡泰來強忍著笑道：「是瘟神吧？」

王小軍寵辱不驚地看看表說：「走吧，吃飯去。」

兩個人走進餐廳，這會兒弟子們也差不多都到了，女孩們看見王小軍，有的微笑，有的點頭示意，卻是一個說話的也沒有，剛才掌門宣布把王小軍開除出峨眉，其用意大家都心照不宣，可是在稱呼上就成了問題，本來以前見面也沒說過幾句話，這時就更加無從開口了。

王小軍也就隨意地點著頭，算是和大家打過招呼，路過一張桌子時，唐睿霍然站起，王小軍不禁嚇了一跳，機警地往後一閃道：「你幹什麼？」

唐睿道：「別怕，我不找你打架。」

王小軍道：「我不怕你找我打架，我怕你罵我。」

和唐睿一桌的都是同批入峨眉的女孩，聽王小軍這麼說，眾人都笑了起來，王小軍和唐睿想起當初第一次見面時的情景，兩人也是相視一笑。

「那個……」

唐睿支吾著，王小軍看出她也是在怎麼稱呼自己上犯了難，嘿嘿笑道：「就算我不是峨眉的人了，按江湖禮節，大家難道就不能喊我一聲師兄了嗎？」

唐睿豁然開朗道：「對，我們以後還叫你師兄——師兄，今天你替我們峨眉解了氣，我敬你一碗！」

說著話，她端起碗舉到王小軍眼前，王小軍不看則已，一看差點跌倒，原來碗裡既不是白酒也不是啤酒，而是一碗小米湯。

王小軍接過碗，唐睿不好意思道：「山上沒酒，我們就只能以粥代酒了。」

此景此景下，王小軍自然不能推辭，當下二話不說舉碗喝光，其他姑娘也紛紛端上粥碗，王小軍連乾六碗稀粥……

七師妹端著碗，眼巴巴地看著王小軍道：「師兄，你要離開峨眉了嗎？」

王小軍摸著肚皮道：「師兄還會來看你們的。」說到這兒，王小軍也有些不捨，這些日子他和峨眉的師姐妹們朝夕相處，雖然沒有過密的接觸，但感情還是有的。

七師妹端起碗遞過來道：「那你要記得你的話哦。」

王小軍捏著鼻子把稀粥灌進肚子，打了個嗝兒道：「你們……趕緊吃飯吧。」

在往樓上的包間裡走的路上，胡泰來道：「我現在有點相信你是男神了。」

「我以後再也不喝粥了！」王小軍答非所問地說。

包間裡，峨眉四姐妹已經到齊，冬卿也靠在一張特地搬來的皮椅裡。

「三……冬卿姐，你不方便就不用來了嘛。」王小軍道。

冬卿一笑道：「今天是你在峨眉山上作為客人的第一頓飯，我怎麼能不到場呢？」

王小軍對這位三師叔性格也很瞭解，這是個恪守規矩的人，心說要不是胡泰來心裡有了別人，這倆倒是天生的一對。

「坐吧。」江輕霞笑咪咪地看著王小軍，笑容裡有些玩味。

王小軍往上托了托肚子，喘息了一下才坐進椅子裡。

「他怎麼了？」韓敏問胡泰來。

王小軍苦著臉道：「我暈粥。」

峨眉四姐妹都笑了起來，剛才王小軍和師妹們豪氣干雲地喝粥，她們顯然都看見了。

郭雀兒道：「按年紀，我以後就得喊你大哥了，你叫了我那麼多聲『四叔』，用不用我現在喊還給你呢，嘻嘻。」

江輕霞咯咯一笑道：「照你這麼說，我豈不是要給他磕個頭還禮？」

韓敏無奈地看了她一眼，江輕霞小聲道：「我又說錯話了？」

這時有門人開始上菜，胡泰來左顧右盼，王小軍便直接替他問：「唐思思去哪兒了？也沒見她在廚房裡炒菜。」說著掏出電話，也沒人接聽。

江輕霞道：「既然客人沒到齊，那我們就等一等再開始吧。」

王小軍拍手道：「好好好，我也讓米湯往下走一走。」

眾人有一句沒一句地聊著，菜一道道上來，擺了滿滿一桌子，王小軍去了趟廁所，肚子也空了，這會看著各種色香味俱全的飯菜無法開動，慢慢的開始聽到此起彼落咽口水的聲音，王小軍嘿然道：「這個思思，吃飯這麼重要的事都不積極！」

這時門一開，吳姐拄著拐杖進來了，她面無表情道：「唐小姐說她有事，你們吃飯不用等她。」

王小軍聽了道：「好好好，那我們先吃——吳姐你腿沒事吧？」

吳姐臉一紅道：「沒事。」她冒充老大失敗，這時只覺顏面無光。

韓敏道：「今天吳姐為了峨眉大義凜然，女俠風範十足。」

郭雀兒道：「一會兒我幫你按摩一下，明天應該就ＯＫ了。」

她和韓敏都中了余巴川的點穴手，這段時間運氣活血，現在好得差不多了，說起來這些都是輕傷，不會有什麼後遺症。

王小軍一動筷子，眾人便紛紛開吃，不一會兒盤子就空了好幾個。

吳姐就站在原地看眾人吃，郭雀兒奇怪道：「吳姐，你還有事嗎？要不……你也和我們一起吃點？」

吳姐依舊不動聲色道：「你們覺得今天的菜炒得怎麼樣？」

江輕霞道：「很好啊，吳姐，你手藝又百尺竿頭更進一步了呢。」

吳姐忽然冷笑幾聲道：「下面我要告訴你們一個秘密，你們聽了可不要著慌！」

聞聽此言，峨眉四姐妹都把筷子放下，吳姐這話說得蹊蹺，語調奇怪，讓人不能不浮想聯翩，王小軍當下道：「你不會是在飯菜裡下了毒吧？」

他一邊說一邊仍大口吃著，胡泰來無語道：「那你還吃？」

「反正已經吃了那麼多，就算要被毒死，也要做個飽死鬼！」

江輕霞淡淡道：「吳姐，你到底想說什麼？」

吳姐陰惻惻道：「我想說的是……」

就在這時，唐思思端著一盤菜走進來，她把菜放在桌子上，摘下帽子道：「大家吃得還合口味嗎？」

胡泰來意外道：「今天這桌菜都是你炒的？」

唐思思道：「是啊，怎麼了？」

眾人一起怒視吳姐，吳姐指著唐思思，嘿嘿笑道：「我想說的秘密就是──今天的菜是她炒的。」

聽完吳姐的這句話，大家紛紛跌倒，只感無語，都一把歲數了，這位大姐還是這麼愛玩……

江輕霞嬌笑道：「吳姐你真淘氣！」

吳姐道：「這小妞今天來得早，把大家的飯做出來以後，見我腿腳不便，就替我把活也幹了，你們吃得滿意嗎？」

眾人紛紛點頭：「滿意滿意。」

「那我走了。」吳姐拄著拐杖一瘸一點地出去了。

韓敏長出了口氣道：「開玩笑也不知輕重，思思再晚進來一秒，我差點

就動手了！」

江輕霞笑道：「幸虧你沒有，不然得罪了吳姐，她就算不給你下毒，下點瀉藥你也受不了啊。」

韓敏拍著胸口道：「好險啊。」

郭雀兒道：「雖然二師姐沒得罪吳姐，不過掌門師姐你可說錯話了。」

江輕霞納悶道：「我說錯什麼話了？」

郭雀兒道：「你說吳姐的手藝進步了，可這菜是思思做的，那不等於是說吳姐的手藝不如思思嗎？」

江輕霞嚇了一跳道：「我是這麼說的嗎？」

眾人都看著她一起點頭。

江輕霞苦惱道：「完了——」她忽然又嫣然一笑道，「反正我們吃飯總是在一起，我也不怕。」

冬卿面無表情道：「以後吳姐單獨給你盛的湯，你可別跟我換。」眾人不禁失笑，原來冬卿也有冷幽默的一面。

唐思思坐在胡泰來和王小軍中間，一眼看見胡泰來的手，不禁抓過來興奮道：「老胡你的手好啦？」

胡泰來微笑道：「全拜峨眉纏絲手所賜。」說到這，他站起身來，鄭重地朝峨眉四姐妹鞠了一躬道：「峨眉派對胡某的恩情，胡某至死不忘。」

江輕霞眨眨眼道：「別謝我們，纏絲手可不是我們教給你的。」

韓敏柔聲道：「胡兄，我們幾個限於門規，有些事可能做得不到位，你不要計較就好，這個謝字是不敢當的。」

王小軍擺擺手道：「既然大家都這麼熟了，就不要客氣來客氣去了，這頓飯就當給我們踐行吧。」

江輕霞驚道：「你要走？」

王小軍道：「是啊，我上午就跟敏姐打好招呼了，要不是余巴川，說不定這會兒行李都收拾好了。」

郭雀兒道：「太匆忙了吧？你以後有什麼打算？」

王小軍也感到一陣茫然，他想了想，道：「對了，四叔不提醒我還忘了，這次我來峨眉一共是兩件事，第一件是給老胡解毒，第二件說起來也和余巴川有關係。」

江輕霞道：「你說。」

王小軍道：「余巴川派余老二和青城四秀去鐵掌幫找我，為的是逼出我

爺爺，然後把鐵掌幫在武協裡的位置還有我爺爺的常委都讓出來給青城派，我聽劉老六說，武協再有三個月就要召開常委大會，到時我爺爺再不出現，他的主席位子就會自動被取消；我這次來峨眉，是想拜託你們，到時候我會提議延長我爺爺的任期，余巴川肯定會出面搗亂，我需要峨眉以六大常委的身分給我投贊成票。」

他這番話說完，峨眉四姐妹面面相覷，尤其是韓敏，沉吟半晌道：「這事……不好辦！」

唐思思道：「為什麼？」

韓敏看看江輕霞道：「輕霞，這事你怎麼看？」

江輕霞道：「武協的規矩是當初六大常委一起制定的，你爺爺也贊成，這會要出爾反爾不免惹人非議；再則，我們一味挺你的話，給人家說峨眉派和鐵掌幫勾結也不好。」

韓敏微微點頭，看來江輕霞還是以大局為重的。

郭雀兒撇嘴道：「勾結就勾結，對付余巴川那樣的敗類，難道還不許好人團結起來嗎？」

韓敏用筷子敲了一下她的腦袋道：「你懂什麼?!」

江輕霞又道：「余巴川想讓青城派代替鐵掌幫，位列六大之一，我們的底限就是不能讓他得逞，但是六大常委的席位不能空缺，如果你爺爺到時不出現，除非鐵掌幫裡另有人以代理幫主的身分出來說話，這事還有商量的餘地，但是以你的身分地位肯定是不行的。」

冬卿補了句：「而且你們別忘了，王小軍在加入峨眉派之前已宣布脫離了鐵掌幫，他現在連鐵掌幫的普通弟子都不是了。」

眾人都是一驚，唐思思急道：「那怎麼辦？」

韓敏問王小軍：「鐵掌幫裡沒有別的有威望的老人了嗎？」

王小軍攤手道：「鐵掌幫以前連我一共五個人，我爺爺和我爸一直玩失蹤，我大師兄是公務員，不方便參與太多江湖事，我小師妹跟我差不多，就更沒什麼威望了。」

韓敏道：「現在你加入峨眉的事一定已經不脛而走，想要掩飾是不行了——」說到這，韓敏忽然正色道，「小軍我問你，你有沒有信心以自由人的身分幹成這件事？」

「自由人？」王小軍疑惑道。

冬卿道：「就是無門無派的江湖人士。」

王小軍道：「我該怎麼做，敏姐請給我指條路。」

韓敏道：「你就以無門無派的江湖人身分去遊說六大派，阻止余巴川進入常委，雖是這麼說，明眼人自然明白你還是代表鐵掌幫，大家心照不宣而已；你是王老爺子的孫子，鐵掌幫始終是你的歸宿。至於常委主席的位子，保得住保不住都不必強求，只要不讓余巴川這隻餓狼入室，這位子遲早還是鐵掌幫的，武林嘛，最終靠的還是實力。」

王小軍心頭百感交集，他以前從沒有為自己是鐵掌幫的人感到驕傲自豪什麼的，此刻忽然成了無幫無派人士，才意識到幫派對一個江湖人來說就是底氣和信念，從此以後他的奮鬥都成了單打獨鬥，他所為之奮鬥的目標也由具體的門派變得渺茫，所謂自由人，這個自由顯得輕飄飄的，但這一切都是值得的，它們至少換來了胡泰來的一隻胳膊。

韓敏繼續道：「還有一件事得告訴你，本來六大派的人進入武協是不需要考試的，只要掌門承認，門下弟子就會自動進入武協，你既然以前不是武協成員，現在又脫離了鐵掌幫，那三個月以後——不，是兩個多月以後的武協大會上，你就得先參加考試取得會員資格，然後才有機會正式面見六大常委，這點你也得記著。」

郭雀兒撅嘴道：「好啊，我說我怎麼對武協一點概念也沒有，原來師父讓你們都進了武協，就瞞著我一個。」

江輕霞笑道：「小心眼，你那時才多大點年紀，就算這次讓你成為會員恐怕也是太早了呢。」言外之意是這次會帶著郭雀兒一起去。

王小軍問道：「武協的考試難嗎？」

韓敏道：「不難，憑你現在的功力隨便展示一下就能通過。」說著她轉向唐思思道：「思思，只要你入了武協，唐門也不敢再強迫你做你不願意做的事，這次對你也是一個機會。」

唐思思欲言又止，最終低著頭道：「好吧。」

王小軍道：「說是六大派，其實除了鐵掌幫和峨眉就剩了四派，你們說我先去遊說誰好呢？」

韓敏扶額道：「這可真得好好琢磨一下了。」

江輕霞道：「首先少林就不好去。」

胡泰來一個激靈道：「為什麼？」

按計劃，他去完鐵掌幫就要去少林，滿以為這次順便就再完成一個師父交代的任務，沒想到江輕霞否定了這個選項。

江輕霞道：「少林方丈妙雲禪師四大皆空，對江湖紛爭最不感興趣，你去找他只怕要碰個軟釘子。」

王小軍道：「少林方丈不是那個很出名的和尚嗎？叫釋什麼的？」

江輕霞道：「那是少林寺的官方代言人，真正的少林派當然另有住持。」

「哦哦，你接著說。」

江輕霞道：「總之妙雲禪師不喜歡過問江湖事，他擔任常委純粹是少林的地位和實力之故，其實他本人什麼事也不管，說好聽點是心無掛礙，說難聽了，就是個和稀泥的主兒，不過老和尚愛給人講禪是真的，小時候師父帶著我見這和尚，我見地上有隻死蜻蜓，隨口問了句牠怎麼死了，老和尚硬是和我講了一下午輪迴緣法，我但凡要是有點慧根，早跟他出家當尼姑去了。」

眾人一陣哈哈大笑。

韓敏無奈地搖搖頭，繼續道：「去少林寺沒用，去華山派也是一樣的，華山掌門華濤八面玲瓏，而且對武協的事也一樣不上心，每次開會都是點個卯而已，這種得罪人的事他是不會挑頭的。」

王小軍掰著指頭道：「那就還剩兩個門派，崆峒和武當。」

冬卿淡淡道：「崆峒就不要想了，他們和余巴川是一丘之貉！」

王小軍沒好氣道：「那還有什麼可說的，你們讓我直接上武當不就結了？」

韓敏道：「武當掌門淨禪子在武林裡德高望重，一手太極拳出神入化，這些年來武當和淨禪子一直是武協的中流砥柱，你要是能說服淨禪子支持你，想必少林的妙雲禪師不會駁他的面子，華山派這樣的牆頭草就不用說了，所以武當之行對你很重要！」

王小軍信心滿滿道：「那我就上武當！」

江輕霞忽然咯咯一笑道：「更重要的一點，武當山上有位聖女你務必要見一見。」

王小軍隨口道：「這姑娘多大了呀，現在四十歲以前嫁出去就不算剩女了。」

江輕霞一愣，隨即嬌笑道：「你說什麼呢，武當小聖女是武當前任掌門龍遊道人的關門弟子，現任掌門淨禪子的師妹，在武林年輕一代裡輩分之高無出其右者，聽說她容貌也非常之美，你好不容易上趟武當山，這樣的美人難道不想見見？」

韓敏皺眉道：「輕霞，你又胡說八道！」

王小軍嘿然一笑道：「武林裡哪有那麼多美人，也就是隨便那麼一說吧——呃，我可不是說你啊！」

唐思思端著手機道：「武當山門票兩百多呢，也不知道上山以後去哪兒找他們。」

江輕霞道：「別瞎操心了，我自然會知會武當的人去接你們。」

胡泰來興致勃勃道：「那我們明天就出發！」少林雖然去不成了，但去武當也是一樣的，這個武癡傷一好，馬上就開始心思活泛起來。

江輕霞瞟了胡泰來一眼，幽幽道：「我們峨眉有什麼不好？山美水美人也美，胡大俠這麼急著要走！」

王小軍一笑道：「胡大俠對風景不感興趣，而且心裡有人了。」

全桌人無一例外地探頭問：「是誰？」甚至連冬卿都伸長了脖子聽著。

胡泰來一急，從桌子底下踹了王小軍一腳。

王小軍笑著打岔道：「你們好八卦啊，我就是隨便說說。」

吃完飯，唐思思還要等吳姐忙完餐廳的工作和她道別。王小軍和胡泰來就坐著等她。

峨眉派每天淩晨四點開始教學，所以弟子們基本上晚上九、十點就會準時入睡，這會峨眉四姐妹也都各自回去，餐廳裡就剩王小軍和胡泰來了。

那邊，吳姐拉著唐思思的手依依不捨，這段日子裡，吳姐把所有自己能教的基本功和做菜的訣竅都傾囊相授給唐思思，唐思思也儘量把自己知道的暗器手法都說給吳姐聽，這對年齡差距很大的姐妹互為師徒，已成了莫逆之交，這時臨別，都是些女人之間的體己話，吳姐一會哭一會笑，可謂是性情中人。

王小軍等得無聊，起身道：「老胡，你自己等思思吧，一會負責把她送回去，我先睡去了。」

胡泰來抬頭道：「你很睏嗎？」

王小軍無語道：「你怎麼什麼都看不出來，我這是在給你製造機會！」

胡泰來瞬間滿臉通紅道：「這……我一會兒該跟她說什麼呢？」

王小軍鄙夷道：「風啊月啊，你隨便聊嘛。」

胡泰來看了他一眼道：「其實你也不知道該說些什麼吧？」老胡是憨，他可不傻。

「我跟你不一樣，我現在是男神，只要等著妹子來撩我就好了！」王小軍心虛地揮揮手，趕緊跑了出去。

回到小屋，想著明天就要離開，王小軍準備收拾行李，可繞了一圈之後才發現根本沒什麼可收拾的，衣架上那件繡著雙劍的峨眉制服已經晾乾，王小軍把它拿下來疊好，珍重地放在桌上，按規矩，他以後不能再穿它了。

就在王小軍無措之時，外面傳來了敲門聲，王小軍暗嘆胡泰來真是個死心眼，居然這麼快把唐思思送回來了。

打開門一看，王小軍不禁愣住了──來人是江輕霞。

「師父？」王小軍下意識地叫了聲。

「還叫我師父！」江輕霞似笑非笑地看著王小軍。

「嘿嘿，習慣了。」王小軍把江輕霞讓進屋，沒話找話道：「你找我有事？」

江輕霞背著手，用一貫嬌嗔的語氣道：「你不來找我道別，只好我來找你嘍。」

王小軍撓頭道：「本來想著要去的，怕時間這麼晚了你不太方便……」

江輕霞輕哼一聲道：「是你不太方便吧？」

江輕霞看王小軍有些局促，咯咯一笑道：「沒事，我方便來找你就行了。」

為了不繼續尷尬下去，王小軍捧起那件制服道：「這件衣服還給你吧，峨眉的群組我也退出了。」

「呃……」

江輕霞意外道：「看不出你居然把這些繁文縟節的規矩也當回事。」

王小軍老氣橫秋道：「人在江湖，身不由己啊。」

江輕霞噗嗤一笑。

王小軍道：「本來什麼規矩的，我以前曾沒在乎過，不過敏姐有句話說得沒錯，上峨眉之前我雖然是個來求救的無名之輩，但在搬弄是非的人眼裡，我代表了鐵掌幫，現在我成了無幫無派人士，再和峨眉扯不清，那就又是一番麻煩，我虧欠峨眉這麼多，不能再給你們找麻煩了，所以凡事都得小心些。」

江輕霞微微一愣道：「想不到你這人看著不靠譜，其實挺會為別人著想的。」

王小軍嘿然道：「你又不是別人，你是我師父啊。」

江輕霞一笑之後正色道：「小軍，你想沒想過，如果你遊說六大派失敗了，以後會怎麼樣？」

王小軍攤手道：「這也是我最苦惱的地方──我發現就算我失敗了也不會怎麼樣，無非就是讓余巴川得逞，我對江湖又不感興趣，他得逞不得逞，又關我什麼事呢？」

江輕霞無語道：「那你為什麼還巴巴地去武當？」

王小軍道：「原因很簡單，因為余巴川先惹了我，我這人小心眼，有仇一定要報，他們既然想代替鐵掌幫成為六大之一，那我就盡力阻止他們！如果哪天他們不想入武協了，我也一定反著來搞他們！」

江輕霞搖頭笑道：「你呀，嘴上把自己說得那麼邪惡，其實還是氣不過青城派打了你的朋友，又侮辱了鐵掌幫而已；說到底，你註定是個為了別人活著的人，我師父說過，這樣的人就是大俠。」

王小軍嚇得一蹦：「你可別捧我，我頂多是個在小說裡想有仇當場就報了，卻沒那本事，只好背後使絆子玩陰的，那種主角而已，你一句話就給我昇華成大俠了，那我以後賺了大錢是不是得都捐出來啊？」

「你還越說越來勁了！」江輕霞忽然道：「來，讓我領教一下王少俠的功夫！」

王小軍以為她是開玩笑，不料江輕霞真的整理了一下衣衫，拉開架勢，王小軍又是一蹦道：「你這節奏轉變也太快了吧？怎麼突然圖窮匕見了？」

江輕霞道：「鐵掌幫身為六大派之首，我一直沒機會領教鼎鼎大名的鐵掌，今天怎麼能失之交臂？余巴川都給你打跑了，你是不是覺得我這個花瓶掌門不值一提，不願意賜教啊？」

王小軍終於知道江輕霞半夜來找他的原因了──居然是找他打架的！

「打跑余巴川那全是運氣，再說，我是練了纏絲手以後才升級的，你是我師父，可不能仗勢欺人啊！」

江輕霞笑道：「既然你還認我做師父，那當師父的自然要驗收驗收徒弟的成果了，總之，你今天不打也得打，看招！」說著，江輕霞綿玉一樣的手掌已經拍向王小軍胸口。

王小軍又好笑又好氣，可他也真怕鐵掌傷了對方，眼見攻勢緊急，於是想用防守的招式敷衍過去，鐵掌三十式他早已爛熟於胸，這會萬念一瞬地閃過，突然發現鐵掌三十式以及千千萬萬的變招裡，竟然沒一招是單純可以防守的，無一不是攻守兼備，甚至旨在轉守為攻的霸道招式。

他一愣神的工夫，江輕霞的手掌馬上就要擊中他的胸膛，江輕霞見他不

躲不閃不招架，柳眉倒豎著惱道：「你也看不起我嗎？」

王小軍發現這是觸了對方的心病，江輕霞白天給余巴川幾次叫做「小美人掌門」，心高氣傲的她憋了一肚子火，這時他只要稍微露出馬虎的態度怕真的會得罪了她，王小軍心思一動，立刻出手反往江輕霞手腕上抓去。

這一招是他臨時想出來的，再運上三成內力，原擬不吃虧不佔便宜地讓江輕霞撤手，不想手指剛碰上江輕霞的手臂立刻被彈了出去，王小軍吃了一驚，順勢用上臂向江輕霞已經抵達他胸口的手掌上纏去，正是纏絲手的精妙變招。

「好啊，真是教會徒弟餓死師父！」江輕霞自然不能讓他纏住，手臂一轉，也使出了纏絲手的功夫進行反制。

王小軍這幾天夜以繼日地研究纏絲手，白天又和余巴川大戰了幾百回合，這門技藝可說已經成為他的本能，這時和江輕霞你來我往地相互攀纏，兩人都是熟極而流，在防守的同時不斷用手掌、指尖往對方的穴道上點去，隨即又不斷變換著自己的穴位。兩條胳膊像兩條狂蛇一樣繚繞、貼盤。

王小軍忽然想起那天在鳳凰臺上，江輕霞衫袖高挽教他功夫的樣子，這時的光景和那天相仿，他和江輕霞呼吸相聞，只覺對方吹氣如蘭，不禁面紅耳赤起來。

江輕霞瞟了他一眼，似嗔似怨，也不知道是在怪他沒出全力，還是惱怒自己久戰不勝。

王小軍故意哈哈一笑道：「我會左右開弓，這點師父你就被我青出於藍了吧？」

他這麼說其實是想緩解尷尬，目的在於想利用雙纏絲手把江輕霞推開，但江輕霞畢竟是峨眉掌門，對這門功夫的瞭解遠非常人能及，她雖然不能雙手施展，仍然有化解的辦法，兩個人右手交纏本來就幾乎只有貼面的距離，這時兩隻左手又絞在一起，就像兩條繩子同時驟然拉緊，就此抱在了一起，王小軍一顆心差點蹦出來，急忙全身鬆懈，這樣一來，江輕霞雙臂分別把他纏住，若以比武而論，王小軍等於是放棄了抵抗，已經輸了。

這時兩個人的姿勢看上去更像是情侶間的擁抱，江輕霞比王小軍低半個頭，她仰起臉咯咯嬌笑道：「王大俠，你要是以後跟人動手都這麼菩薩心腸，可就要倒楣了！」

王小軍苦笑道：「我以後絕不在峨眉掌門面前班門弄斧，弄巧成拙……」

他話沒說完，就覺江輕霞雙臂一鬆，兩個人自然地抱著，再沒有半點爭

勝之心，只剩下靜謐柔和的月光鋪進屋裡，氣氛也隨之變得曖昧起來。

王小軍鼻子裡聞到的全是她身上的幽幽清香，渾然忘了呼氣，江輕霞把下巴擱在他心口的位置，柔柔地道：「你心跳好快。」

屋裡一對年輕男女靜默地相擁著，誰也沒有放手，盡情地享受著江湖風雨過後的溫馨和寧靜，江輕霞的雙手抱住了王小軍的肩膀，把胸口緊緊地貼在對方的身體上，隨即察覺到王小軍身子發僵，她輕笑一聲，拉住他的手放在了自己的腰上。

……

請續看《這一代的武林》肆　武當聖女

這一代的武林 叄 致命對峙

作者：張小花
發行人：陳曉林
出版所：風雲時代出版股份有限公司
地址：10576台北市民生東路五段178號7樓之3
電話：(02) 2756-0949
傳真：(02) 2765-3799
執行主編：朱墨菲
美術設計：吳宗潔
行銷企劃：林安莉
業務總監：張瑋鳳

初版日期：2019年2月
版權授權：閱文集團
ISBN：978-986-352-666-7
風雲書網：http://www.eastbooks.com.tw
官方部落格：http://eastbooks.pixnet.net/blog
Facebook：http://www.facebook.com/h7560949
E-mail：h7560949@ms15.hinet.net
劃撥帳號：12043291
戶名：風雲時代出版股份有限公司

風雲發行所：33373桃園市龜山區公西村2鄰復興街304巷96號
電話：(03) 318-1378
傳真：(03) 318-1378
法律顧問：永然法律事務所 李永然律師
北辰著作權事務所 蕭雄淋律師

行政院新聞局局版台業字第3595號 營利事業統一編號22759935

定價：280元　　特惠價：199元

國家圖書館出版品預行編目資料

這一代的武林 / 張小花著. -- 初版. -- 臺北市：風雲時代,2018.12-　冊；　公分

ISBN 978-986-352-666-7（第3冊；平裝）

857.7　　107018081